AF204742

Tucholsky   Wagner   Zola   Scott   Schlegel
         Turgenev   Wallace   Fonatne Sydow   Freud

    Twain   Walther von der Vogelweide   Fouqué   Friedrich II. von Preußen
              Weber   Freiligrath
                                                            Frey
Fechner   Weiße Rose   von Fallersleben   Kant   Ernst   Frommel
     Fichte   Richthofen

       Engels   Fielding   Hölderlin
   Fehrs   Faber   Flaubert Eichendorff   Tacitus   Dumas

                 Maximilian I. von Habsburg   Fock   Eliasberg   Ebner Eschenbach
   Feuerbach   Eliot   Zweig
                        Ewald   Vergil
       Goethe   Elisabeth von Österreich   London
Mendelssohn   Balzac   Shakespeare
          Lichtenberg   Rathenau   Dostojewski   Ganghofer
   Trackl   Stevenson   Doyle   Gjellerup
Mommsen   Tolstoi   Hambruch
       Thoma   Lenz   Hanrieder   Droste-Hülshoff
Dach   Verne   von Arnim   Hägele
      Reuter   Hauff   Humboldt
   Karrillon   Rousseau   Hagen   Hauptmann   Gautier
            Garschin
      Damaschke   Defoe   Hebbel   Baudelaire
                  Descartes
Wolfram von Eschenbach   Schopenhauer Hegel   Kussmaul   Herder
          Darwin   Dickens   Rilke   George
   Bronner   Melville   Grimm Jerome
      Campe   Horváth   Aristoteles   Bebel   Proust
Bismarck   Vigny   Barlach   Voltaire   Federer   Herodot
              Gengenbach   Heine
   Storm   Casanova   Lessing   Tersteegen   Grillparzer Georgy
       Chamberlain   Langbein   Gilm
Brentano   Gryphius
   Strachwitz   Claudius   Schiller   Lafontaine
                              Schilling   Kralik Iffland Sokrates
      Katharina II. von Rußland   Bellamy
                   Gerstäcker   Raabe   Gibbon   Tschechow
Löns   Hesse   Hoffmann   Gogol   Wilde   Vulpius
Luther   Heym   Hofmannsthal   Klee Hölty Morgenstern   Gleim
   Roth   Heyse   Klopstock   Kleist   Goedicke
Luxemburg   Puschkin   Homer
      La Roche   Horaz   Mörike   Musil
   Machiavelli   Kierkegaard Kraft   Kraus
Navarra Aurel   Musset   Moltke
   Nestroy Marie de France Lamprecht Kind Kirchhoff Hugo
                      Laotse   Ipsen   Liebknecht
   Nietzsche   Nansen
      von Ossietzky Marx   Lassalle Gorki   Klett   Ringelnatz
            May   vom Stein Lawrence   Leibniz
Petalozzi   Irving
      Platon   Knigge
   Sachs   Poe   Pückler   Michelangelo   Kafka
                          Liebermann   Kock   Korolenko
      de Sade Praetorius   Mistral   Zetkin

Fragmente

Odön von Horváth

Impressum

Autor: Ödön von Horváth
Umschlagkonzept: toepferschumann, Berlin

Verlag: tradition GmbH, Hamburg
ISBN: 978-3-8424-0611-7
Printed in Germany

Charlotte

Roman einer Kellnerin

Es waren drei Wochen vergangen seit dieser Redoute, der Fasching war aus, die Starkbiersaison begann, München flaggte zum Nationalfeiertag und es gab zwei Wochen hindurch täglich fünf- bis sechstausend Betrunkene. Die Straßenbahnen konnten nicht weiterfahren, weil sich die Leute auf den Schienen auszogen, es wurden im ganzen zweiundzwanzig Leute erstochen, darunter zweiundzwanzig Norddeutsche, drei erschossen, einer hat sich selbst erschossen, aus lauter Gemütlichkeit. Die Leute standen von den Tischen nicht mehr auf, kotzten daneben hin, sangen: Deutschland, Deutschland über alles, versicherten im Chor, daß es nur ein Loisachtal gibt und frugen sich gegenseitig, ob sie auch das Tal im »Alpenglühen« kennen, Bayrischzell und die Alpenkönigin Edelweiß. Drei Frauen und neun Männer wurden vergewaltigt und siebzehntausendzweiundzwanzig Ehen gebrochen und ungefähr dasselbe fast gebrochen. Vornehme Damen traten einfach heraus und pissten auf die Straße, die Schutzmänner hatten anstrengenden Dienst. In einer Bierbude saßen zehn Männer um einen Tisch. Der eine wollte sich den Mantel holen, sah aber, daß er gestohlen war, sprang auf den Tisch und schrie: »Damit ihr seht, wie ich mir das zu Herzen nehme, erschieß ich mich« zog einen Revolver und erschoß sich. Fiel tot über den Tisch an dem sein Bruder saß, der sagte nur: »Is dös aba a Witz, jetzt derschieaast si der wegn an Mantl.« Das Blut rann mit dem Bier zusammen und die Ordner schafften die Leiche aus dem Saale. Es war sehr gemütlich.

An Alkoholvergiftung erkrankten dreißig Personen, eine Frau wurde bewußtlos in das Krankenhaus gebracht. Ein würdiger alter Herr mit Bismarckblick stieg am Marienplatz ein und fiel mit seinem langen weißen Bart um. Alles bemühte sich um den Patriarchen, als er zu sich kam, spie er den Wagen voll, der gute alte Herr und rülpste nach Bier und Rettich. »Herzlichen Dank, meine Herren!« sagte er und fiel aus der Straßenbahn. Die Sanitäter brachten ihn mit einem komplizierten Oberschenkelbruch in das Krankenhaus. Er starb dort, der Arme, am Säuferwahn.

Sein Delirium: kleine Kinder bekamen Bier eingeflößt, die Brust der Münchener Mutter hatte Bier, statt Milch, und in den Kirchen verwandelte sich Bier in das Blut des Nazareners. Die ganze Stadt war ein Bierkeller, es gründete sich ein Verein gegen das schlechte Einschenken und man vergaß das Vaterland, es hieß statt Bayern und Pfalz, Hopfen und Malz, Gott erhalts!

Und während der Arme am Säuferwahn starb, kam der Vater Charlottes nach Hause. Am Hute trug er Tannenreis. Er legte sich zu Bett. Der angestammte König, Otto von Wittelsbach, war verrückt und infolgedessen regierte der Prinzregent Luitpold, den die Welt von den Briefmarken her kennt. Er unterstützte die Künstler, ging auf die Ateliers, ging auf die Gemsjagd und Wilhelm der Zweite war ihm höchst unsympathisch. Er war schon ein alter Herr, rauchte schwere Zigarren und war allseits beliebt, denn er störte nirgends wo er hinkam. Er sah dekorativ aus und der Bayer liebt das Kunstgewerbe.

Die Münchener Bürger kümmerten sich nicht um Politik und ihr ererbter Liberalismus äußerte sich nicht im Freihandel, sondern in einer Duldsamkeit gegen den Rausch, die Besoffenen. Freie Bahn dem Besoffenen, das war die Parole.

Die Museen mußten wegen dem Fremdenverkehr errichtet werden, der blühte. Jeder Maler war Professor, die Schwabinger beliebt, der Geist geduldet, die Künstlerfeste dazu mußte man die Kunst haben. Der Mittelstand erwies wieder mal seine Kulturaufgabe, als der Stand, der die Kultur trägt. Der Kitsch blühte, Zarathustra tanzte und Isar-Athen war so gemütlich, die Stadt der Musen, der Bohème, dieser bürgerlichen spießigen Anarchisten und des deutschen Museums, dieses Wunderwerkes der Technik.

Charlottes Mutter las soeben in der Zeitung, daß Zar Nikolaus mit Imperator Rex Wilhelm zwo zusammentraf und sich herzlich begrüßten und, daß der Bürgermeister von Berlin, Herr von Jagow auf die Leute schießen ließ und, daß wieder so eine Schweinerei von einem gewissen Wedekind verboten worden ist und, daß Ludwig Thoma wegen Beleidigung von Vertretern von Sittlichkeitsvereinen eingesperrt worden ist, als ihr Mann eintrat. Sie fühlte sich in gewisser Weise als Siegerin über ihn und seit dieser Redoute hatte sie es sich vorgenommen, ihn ab und zu zu ärgern. Er schien ihr plötzlich minderwertig, und, daß sie eine viel bessere Partie hätte machen können. Es war ihr aber, als merkte er ihre Gedanken und tat er ihr wieder leid. Er setzte sich in den Stuhl und las die kleinen Anzeigen, wer gestorben ist usw., das andere, denn ob unsere Zukunft am Wasser liegt, oder nicht, das interessierte ihn nicht. Sie bildete sich ein, daß das Kind vom Attaché war, und es war doch von ihm, denn nach jener Redoute nahm er sie auch, denn das dicke Mädel war plötzlich mit einem jungen Studenten verschwunden mit wasserblauen Augen, der zum erstenmal auf einer Maskengaudi war. Der Attaché konnte nämlich gar kein Kind bekommen, das wußte er. Er war unfruchtbar und das war gut so. Also war Charlotte rechtlich korrekt erzeugt und die geheime Hoffnung der Mutter zu Schanden geworden.

In der Nacht lag er neben ihr, sie war wach, und er sprach im Schlaf sonderbare Dinge: »Zensi, sagte er, Zensi – wieso nacha hast du sechs Kinder also, da kommts doch dann auf den einen auch nicht zusammen. Schau, Alte, wieso? Was hat der gesagt? Ich könnte auch der Vater sein? Wo ich so obacht gebn hab! Ha? So so – also, Fräulein Bichler, leckens mich am Arsch«.

Charlottes Mutter ging in solcher Stimmung auf die Redoute. Als Charlotte geboren wurde, war es Nacht, so eine richtige kleinbürgerlich-romantische Nacht und Spätherbst. In den nahen Alpen ist es still geworden, die Luft stand unheimlich klar und abends zog ein zarter Nebel über die schwarzen Teiche und den Wald.

Im Kaisergebirge bei Kufstein machte am selben Tage Paul Preuss, der berühmte Alpinist, die ungewöhnlich schwierige Nordwestwand des Totenkirchls. Er war der wagemutigste Alleingeher, und ist auch abgestürzt, nach einigen Jahren später. Da war aber Charlotte bereits vier Jahre alt und sie hatte noch keine Ahnung von Nordwestwänden, sie hatte noch nie einen Berg gesehen, es interessierte sie auch nicht, sie hatte eine Puppe und bohrte in der Nase und roch daran. Abends betete sie vor dem Einschlafen, ohne zu wissen, was sie daherplapperte, aber es wurde ihr so schon in frühester Jugend eingetrommelt, frei nach dem Nancyger Apotheker, daß sie ein sündiger Mensch sei und daß Gott ihr die Sünden vergeben möge. Ihre Sünden bestanden vorerst darin, daß sie die Butter mit den Fingern angriff, sich des öfteren bemachte und furchtbar schrie, wenn man sie in einer dunklen Kammer allein ließ. Sie hatte Angst vor dem Kaminkehrer. Und, daß sie Pepperl, dem Hunde, auf die Schnauze küßte.

Ich weiß nicht, ob Gott ihr das alles verziehen hat. Fest steht, daß er irgendwie auf Charlotte verärgert gewesen sein mußte, denn mit acht Jahren ist sie in der Schule durchgefallen und bekam Dyphteritis. Gott hat sie fast zu sich genommen, aber der gute Arzt, Herr Dr. Müller, hat es nicht zugelassen. Er hat mit dem Serum Kochs mit Gott gekämpft. Gott sprach: Mein Gott, jetzt erfinden sie sogar Serums, wie soll das enden? Jetzt gibt es schon keine Cholera mehr, keine Pest in zivilisierten Gegenden. Nur gut, daß sie die Syphilis noch nicht ganz heilen können.

Und er bestimmte den Erzbischof von Prag, der sprach: Man darf nicht gegen die Krankheiten kämpfen, sie sind Gottes Prüfungen. Wenn einer heult, laßt ihn heulen. Wenn einer Geschwüre hat und Knochenfraß, so helft ihm nicht, denn warum hat er sich mit dem Fräulein Kitty Mesalka abgegeben? Wie? – Aber die Welt wurde immer ungläubiger und Gottes Stimme drang nicht in die Laboratorien. Sie machte Halt vor der Klinik.

Später kam Gott auf eine sehr gute Ausrede. Er sagte, er hätte es sich überlegt. Die Dyphterie sei ab heute eine Harmlosigkeit. Aber die Menschen sollen nur nicht zu frech werden, denn zum Beispiel Zuckerkranke sind immer noch unheilbar.

Gott ersann immer neue Bazillen. Seine Erfindungsgabe ist göttlich. Aber der Mensch wehrte sich: je nach Geldbörse.

Und Gott sprach: Es werde Krieg!

Und es ward Krieg. Und Gott sah, daß es gut war.

An die Zeit vor dem Kriege konnte sich Charlotte nicht erinnern. Als der Krieg ausbrach war sie zehn Jahre alt. Sie hatte eine einzige Erinnerung an die Tage vor der großen Zeit: sie saß in einem hohen Zimmer am Boden und spielte mit Puppen und bunten Steinen und Kugeln. Draußen schien die Sonne, aber kein Strahl fiel in das Zimmer. Sie hatte das Gefühl, als wäre das Zimmer ungeheuer hoch über der Erde, derweil war es nur der dritte Stock. Und dann weiß sie, daß wenn sie zum Fenster träte, draußen ein breiter Fluß trieb unten in der Ferne mit einer Eisenbahnbrücke. Ein Zug fährt lautlos darüber in eine große graue Ebene, am Horizont steht der Abend mit violetten Wolken.

Aber das ist ja alles nicht wahr. Das Zimmer ging auf einen Hof mit verkrüppelten Fliederbüschen und Kehrrichttonnen, in diesem Hofe klopften die Hausfrauen die Teppiche aus, führten ihre Hündinnen, wenn sie läufig waren, hinunter, daß Kinder spielen hat der Hausherr verboten, weil sie ihm mal den Flieder gestohlen hatten und ohne Rücksicht auf eine sterbende böse Großmutter Biedermeyer im ersten Stock johlten und schrien, wie besessen. Sie spielten Verbrecher und Gendarm, jeder wollte Verbrecher sein, keiner Polizist.

Ein Psychoanalytiker hatte Charlotte mal gesagt, das Bild von der Landschaft, die es nie gab, sei so 'ne sexuelle Sache. Er wollte ihr das alles erklären, weil er mit ihr schlafen wollte. Charlotte wollte ja auch, und sie dachte sich die ganze Zeit, wenn er nur schon mal das Quatschen auf hören würde und losginge – und er dachte, derweilen daß – und quatschte. Am Schluß wurde aber dann doch nichts daraus, weil alle Bänke am Kinderspielplatz besetzt waren. Es war ein verpatzter Abend.

Das war drei Tage vor Kriegsende, aber wir wollen doch lieber alles der Reihe nach erzählen. Also, es gab Krieg. Krieg ist Krieg, und Charlottes Vater wurde Soldat und sie bekam Zinnsoldaten mit Schwestern, Militärärzten und Sanitätern, Verwundeten. Sie hätte lieber Soldaten gehabt, und zum ersten Male kam ihr der Gedanke, warum sie kein Junge sei. Bis dato haßte sie die Jungen, aber jetzt kam sie sich plötzlich ganz minderwertig vor. Die Leute zogen vor das Gebäude der Öster.-Ung. Gesandtschaft, sangen Gotterhalte und das Deutschlandlied. Es war ein riesiger Rausch. Der Vater sagte: Serbien immer sterbien, viel Feind viel Ehr, er wird in drei Wochen wieder aus Paris schreiben, aber in vier Wochen war er tot. Charlotte fühlte sich stolz, einen Vater am Felde der Ehre verloren zu haben. Die anderen Mädels blickten voll Neid auf sie. Die Lehrerin in der Schule hat sie belobt und nicht beschimpft, weil sie ihre Schulaufgabe nicht richtig wußte. Sie durfte sogar früher nach Hause gehen. Sie hatte das Gefühl, alle Leute weichen ihr aus, man sieht es ihr direkt an, daß sie einen Vater dem Vaterlande gegeben hat, und das stand ihr gut.

Die anderen Mädeln waren aber nicht faul und bald fiel der Bruder der einen, der Vater der anderen und einer sogar Vater und Bruder. In der Schule erblindeten zwei Väter, fünfe verloren ein Bein, sechs den Arm, vier hatten Nervenschocks, sieben fielen, zwanzig gerieten in Kriegsgefangenschaft und einer ist desertiert. Er ist nach Holland und es war eine Hausdurchsuchung. Das Mädel ist bei der Prüfung durchgefallen.

In München landete angeblich ein französisches Kriegsflugzeug, das vergiftete die Brunnen, alle Staaten erklärten einander den Krieg, das Café Fahrig wurde zertrümmert, weil an einem Tische ein bodenlos unrasierter Mann saß, der für einen Serben gehalten wurde, eine dicke alte Nonne wurde fast erschlagen, weil man dachte, sie sei ein verkleideter Mann, ein Spion. Aber sie wehrte sich so, daß die Fetzen flogen. »Sakrament« fluchte die Nonne »heilige Muttergottes! Ich ein Spion? Ihr Hunde, ich bin eine Deutsche, wie ihr, ihr Hunde!«

Aber der Krieg dauerte immer länger, es kam das erste Weihnachten im Feld. Die Presse schrieb begeistert über das deutsche Christkind, das französische Christkind, es gab auch unzählige Marien, auch ein schaumburg-lippisches Christkind. Zu dieser Zeit saß ein einsamer einfacher Mensch in der Schweiz und schrieb Aufsätze über Aufsätze, der einzige, der den Kopf nicht hängen ließ. Lenin. Verlacht und verspottet. Es wußte niemand in Deutschland, außer Berufspolitikern etwas von der Existenz dieses Fanatikers. Die Sachlichen zogen frisch fröhlich in das Stahlbad, der Fanatiker verfolgte diesen realpolitischen Wahnsinn mit scharfem Auge, bereit mit allen Mitteln zuzuschlagen, wie immer auch. Am Anfang war die Tat, sagt Goethe und schrieb den Faust. Am Anfang war das Wort, sagt Wilhelm der Zweite und führte uns herrlichen Zeiten entgegen, am Anfang war, das kümmert mich nicht, sagt Lenin. Jetzt kommt die Tat oder das Wort. Ich bin, sagt Lenin. Ich lebe.

Charlottes Mutter war aber garnicht so patriotisch, wie ihre Tochter. Sie saß bekümmert, sie sah nun das Ende kommen, den Zusammenbruch ihres Geschäftes. Mit Rücksichtslosigkeit richtet das Großkapital den Laden zu Grunde. Zuerst kam eine Bank hinein, dann eine Metzgerei. Die Mutter wurde immer schwächer und kränker, sie mußte eine Stellung annehmen im zweiten Kriegsjahr.

Die Zigaretten wurden immer schlechter, die Zigarren hießen Deutsche Keule, Hindenburg, Tannenberg, Ludendorff, all das richtete sie zu Grunde. Sie nahm eine Stellung an in einem Lebensmittelgeschäft, bald gab es aber auch keine Lebensmittel mehr, sie wurde entlassen und bekam pro Monat 15 Mark, für dafür, daß ihr Mann im Krieg fiel. Sie hat ihren Mann gegen Raten verkauft, mit einer monatlichen Abzahlung mit 15 Mark.

Es ging ihr immer schlechter. Charlotte konnte nun nicht mehr Lehrerin werden, sie wurde auch Verkäuferin, dann später kam sie in die Lehre zu einer Kellnerin. Das war eine dicke Frau, die im Krieg dreißig Pfund abgenommen hat, und froh war darüber. In dem Lokal verkehrten viele Soldaten. Einmal kam ein trauriger Soldat und setzte sich, hat sich besoffen, und sang das Lied: Ja nimmt denn das Elend schon gar kein End ... Bald erschien eine Patrouille und nahm ihn mit. Er hatte sich gedrückt. Sie haben ihn verprügelt. Und später standrechtlich erschossen.

Die Kriegslust wurde immer schwächer. In der Schule waren nun nur mehr die Kinder der Reichen, die Armen mußten heraus. Diese Reichen wurden zum Jungsturm gezwungen und zur Wehrkraft, sie waren alle begeistert, denn sie spielten gerne Soldaten. Auch ich. Ich erinnere mich an Kurt Eisner, an die Unruhen am Marienplatz. Ein Arbeiter sagte zu mir: »Bürscherl! Willst gegen uns, gelt?« Und gab mir eine Ohrfeige, ich war ihm nicht bös, ja der Mann hatte recht. Furchtbarer Haß ergriff mich gegen die Polizisten, die auf die Leute einschlugen und ich schämte mich über mich. Ich riß die Kokarde von der Mütze, 1917, versteckte die Mütze. Ein Herr hatte das gesehen und gab mir eine Ohrfeige. Ich spürte den Haß in mir, ich erkannte damals mit vierzehn Jahren den Feind.

Wir hatten Übungen in Immenstadt. Waren schwul und betrogen die Kellnerin in der Konditorei. Die Soldaten sahen uns schief an, und spuckten aus. Wir sind auf den Stuiben hinaufgehetzt worden, es war sicher gesund, aber das Gesundsein war hier nur Mittel zum Zweck.

Charlotte war in der ersten Zeit Eisverkäuferin. Sie stand im Dienste eines alten blonden Mannes, der sie auch entjungferte. Sie hätte sonst diese Stelle nie bekommen. Wir kauften bei ihr Eis und waren zwar nicht verliebt, aber wir markierten alle die Liebe. »Solche Kerle werden alle Verbrecher«, hatte der Lehrer gesagt. Die ganze Generation vor uns starb, es war nicht unsere Schuld, also ging es uns nichts an. Heute heißt es, die Jüngsten und die Ältesten. Wir hörten von phantastischen Orgien der Offiziere, ein Schulkamerad von mir hatte einen Bruder, der war Leutnant und von dem erzählte er uns immer phantastische Geschichten. Von Französinnen, besonders raffiniert, und Belgierinnen und verhaltenen Russinnen. Wir kannten sie alle, wie sie lieben. In der Nähe unserer Schule war ein Weinlokal und da verkehrte die Mannschaft, am Tage war es finster und abends drang ein mysteriöser Schein heraus. Es hieß, man könne sie haben für einige Mark. Einer ist hinein und hat dann alles erzählt.

Wir waren dreizehn Jahre alt. Wurden vierzehn. Und das Verhältnis zu Charlotte wurde immer eindeutiger. Ich ging mal mit ihr spazieren, es war Nacht und sternenklar. »Wieso«, hab ich gesagt, »bist du entjungfert worden?« An diesem Abend fielen viele an den Fronten, es wurde eine große Schlacht geschlagen. Wir wechselten die Stimme während des Kanonendonners, wir waren in der Pubertät. Das Weltschmerzliche ging auch uns an, aber wir überwanden es bald. Ringsumher war alles Dreck, und das Erwachen unserer Gefühle kam uns komisch vor. Wir waren nicht mehr der Mittelpunkt. Wir höhnten, gingen unter oder überwanden, es gab nur dieses beide. Ein Ausweichen gab es für uns nicht. Nur die Reichen, die spürten genauso, nur, daß sie später erkannten, daß ihr Vorteil in der Betonung des Persönlichen liegt.

Zu all diesen Problemen hatte ein Mädel, wie Charlotte, keine Zeit. Die reichen Weiber stellten sich solche Probleme, aber wenn sie über so etwas nachdachte, hieß es sofort sie sei faul, während die reichen Weiber sich behandeln ließen.

Ab ihrem dreizehnten Jahre hatte sie keine Zeit bis zu ihrem zwanzigsten. Dann war sie zwei Jahre arbeitslos. Aber sie hat ihre Ansichten nicht geändert, nur verhärtet.

Ihre Mutter war auch gestorben und Charlotte stand allein auf der Welt. Ihre Mutter starb vor dem Krieg, sie hatte zuviel Kunsthonig gegessen und starb an Vergiftung. Die Fälle wurden seinerzeit verschwiegen, um die Begeisterung über den Kunsthonig nicht zu beeinträchtigen.

Schlamperl

Romantischer Roman
I.

Das Gasthaus zum wilden Löwen liegt in der Mitte meiner Heimat. Es ist zwei Stock hoch und hat einen Stall, aber in diesem Stall stehen keine Pferde mehr drinnen, denn die Eisenbahn wurde schon längst erfunden und die Kraftfahrzeuge auch.

Ja früher, als das alles noch nicht erfunden worden war, da standen im Stall ständig Pferde – große und kleine, dünne und dicke, alte und junge, dumme und kluge, feurige und traurige, schöne und häßliche, störrische und folgsame, Araber, Lipizzaner, Belgier, Tiroler. Rappen, Füchse, Schimmel, Hengste, Stuten, Wallache, Fohlen und Mißgeburten. Edle und unedle, treue und böse.

Damals hat sogar mal ein richtiger König im wilden Löwen übernachten müssen, weil es die Deichsel seiner Staatskarosse zerrissen hat. Der König hat sehr geflucht, hat sich betrunken, ist auf sein Zimmer hinauf und um ein Haar hätt er seinen Verbündeten den Krieg erklärt, wenn er noch hätte unterschreiben können vor lauter Rausch. Aber er hat vor lauter Rausch nicht mehr gewußt, wie er mit dem Vornamen heißt. Und als ihm der eingefallen ist, hat er nicht gewußt, der Wievielte er ist.

Ja, das waren noch andere Zeiten – aber heute? Heute wird die Welt immer enger, die Pferde immer weniger und die Leut immer mehr. Bald werden sie keinen Platz mehr haben und werden verhungern, obwohl, wie es sich die Kapazitäten haarscharf ausgerechnet haben, auf dieser kleinen Erde so viel wächst, daß ein jeder Mensch so viel fressen könnt, und so lange, bis es ihm gar nicht mehr schmeckt. Aber leider haben es sich halt die Kapazitäten noch nicht ausgerechnet, wie man diesen Überfluß verteilt, so daß sich ein jeder überfressen kann, bis er krank wird. »Wir sind halt alle miteinander zu dumm«, pflegte der Löwenwirt zu sagen, »und gescheiter werden wir auch nicht.« Der Löwenwirt war ein Pessimist, denn infolge der schlechten Zeiten kam keiner außer uns. Wir machten zwar jeden Abend eine hübsche Zeche, und oft fing so ein Abend abends an und dauerte bis zum nächsten Abend. Ja, ich bekenne es reumütig, wir haben wirklich über das erlaubte Maß hinaus getrunken und haben uns wenig gekümmert um unsere Mitmenschen, eigentlich nur dann, wenn sie uns im Trinken gestört hatten. Wir haben nichts gearbeitet, wir hätten ja auch keine Arbeit bekommen – woher hatten wir aber das Geld? Das Geld war ein Wunder. Das alles war ein Wunder, und ihr werdet es mir nicht glauben, wir haben das Geld gewonnen. In einer Lotterie für Mutterschutz. Wir haben uns zusammen ein Los gekauft um eine Mark und haben dann drei Wochen später zehntausend Mark bekommen. Und die haben wir in vier Teile geteilt – und dann haben wir uns hingesetzt und haben das Geld versoffen. Meistens beim Löwenwirt. Wir wollten nichts mehr wissen von der Zeit, wir hatten alle kein Geld gehabt, wir haben im größten Rausch Schach gespielt und haben im Wirtshaus übernachtet. Zuerst haben wir auch noch tüchtig gegessen, aber dann haben wir nur gegessen, damit wir besser trinken können. Besonders der Ludwig hat das so getrieben. Dieser Ludwig war ein Herr in den besten Jahren und hatte einst Grundstücke gehabt geerbt von seinen Eltern, aber jetzt hatte er keine Seele auf der weiten Welt – die Grundstücke hat er verspielt und verloren, durch Pech im Spiel und die Inflation. Alles, was er noch besaß, das war ein Motorboot, das ihm keiner abkaufen wollte. Dieses Motorboot hatte er sich, knapp nach der Ziehung des Loses, in seinem Saurausch gekauft von einer Konkursmasse einer Schiffahrtsgesellschaft. Es war das ein sehr schönes Motorboot, aber viel zu groß.

Der Heinrich Kowarek hatte den Weltkrieg als sehr junger Mensch kennen gelernt, vorher war er Dentist, aber seit den Aufregungen des Krieges hat er eine unsichere Hand bekommen und hat mit seinen Patienten direkt lebensgefährliche Sachen angestellt. Folgerichtig hat er die Praxis verloren und war dann halt auch nichts. Und der Jüngste, das war ein gewisser Christian Schlamperl, der hat die Schule verlassen und war noch nie etwas. Aber er war immer ein tadelloser Fußballspieler und so hatte er Fußball gespielt im Fußballklub meiner Heimat und war eine Fußballhoffnung. Und die Fußballmäzene haben ihn unterstützt, weil er so in seine Kopfbälle verliebt waren. Aber wie er gewonnen hat, hat er den Fußball vernachlässigt, das Training vernachlässigt, seine Fußballzukunft war ihm immer wurschter, er hat sich mit Weibern herumgetrieben und ist unfair geworden. Betrunken stand er am Platz trat er an in wichtigen Punktspielen, hat er nur gegen den Mann gespielt, nie gegen den Ball – auf sein Konto gehen: er hat einem anderen Fußballer das Wadenbein gebrochen, zweien das Schlüsselbein, einem den Knöchel und vieren den Arm. Zuerst wurde er verwarnt, dann ausgestellt, dann gesperrt für drei Spiele, dann disqualifiziert für ein Jahr und dann am Ende für sein ganzes Leben. Nie mehr durfte er spielen, aber das war ihm wurscht, denn er hatte ja gewonnen und hat nun alles nur versoffen.

Oh wie schlecht sind die Folgen des Geldhabens! Geld ruiniert den Charakter, zerstört die moralischen Grundsätze, die sozialen Triebe! Und wenn das Geld dann zur Neige geht, und man hat nichts mehr zum Saufen, dann erwacht ein so eigenartiges Wesen, das Gewissen, steht auf, setzt sich an dein Bett und rechnet es dir vor, was du alles verspielt hast, was du alles falsch gemacht hast – und dann liegst du da schlaflos in der Nacht und schwitzt vor lauter Angst, und schaust heimlich zum Fenster hinaus, ob nicht ein schwarzer Mann über die Straße geht und unten steht. So ein schwarzer Mann, wie er auf alten Bildern abgemalt ist, derauf einem schwarzen Roß reitet. Und dann fällt dir ein, daß du als Kind gespielt hast »Fürchtest du den schwarzen Mann?« »Nein!« hast du gerufen. »Wenn er aber kommt?« »Dann laufen wir davon!«

Aber du kannst nicht weglaufen und der schwarze Mann steht unten auf der Straße und wartet. Und dann kommt er zu dir ins Zimmer und fragt dich: Fürchtest du den schwarzen Mann? Und du sagst »Ja«. Dann ist er zufrieden und geht wieder fort. Wenn du »Nein« sagen würdest, würd er dich holen, und das ist dein Trost.

Aber dann geht die Sonne wieder auf und schon schaust du nach dem Wirtshaus. Und im Wirtshaus erwarten dich die Kameraden – du begrüßt sie scheu, aber nach kurzer Zeit wirst du geschwätzig und wagemutig. »Meine Herren!« schrie eines Abends der Kowarek, »es ist uns bekannt, daß wir insgesamt nicht mehr sehr viel Geld haben, und es ist uns ferner mathematisch bekannt, daß die Göttin des Glückes uns kein zweites Mal auf unsere Stirnen küssen wird. Ich werde jetzt eine Rede halten, meine Herren – ich bin zwar ansonsten ein schweigsamer Mensch, denn ich habe in meiner Jugend, so gleich nach dem Weltkrieg viel geredet, ob ihr mir das jetzt glaubt oder nicht – ich habe die Welt verbessern wollen, aber es ist mir nicht gelungen, die Welt zu verbessern und ich habe dazu geschwiegen. Besonders seit wir da gesoffen haben, aber ich kann nicht wieder ohne Sauferei sein, was soll ich denn machen, ich kann noch nicht wieder die Welt verbessern wollen, dazu gehört Energie, obwohl es nichts nützt, aber diese Energie hab ich jetzt nicht mehr, weil ich zuviel gesoffen hab, und ich schlage nun vor, daß wir etwas Kühnes unternehmen! Noch haben wir das Geld, um von hier fortzukommen, vielleicht finden wir irgendwo das Schlaraffenland! Meine Herren, ich hab heut die ganze Nacht darüber nachgedacht, da haben wir doch unten unser Motorboot vom Freund Ludwig, setzen wir uns hinein, nehmen wir uns um den Rest unseres Vermögens Wein, wieder Wein, Bier, Schnaps und etwas Lebensmittel und fahren wir los!«

Logischerweise kann es niemand verwundern, daß dieser kühne Vorschlag Heinrich Kowareks begeisterten Beifall gefunden hat. Ludwig sprang auf und beglückwünschte ihn und der Christian Schlamperl zog sich schon seinen Rock an, setzte sich seinen Hut auf – dann verabschiedeten sie sich von dem Löwenwirt, kauften ihm den Keller leer und eilten hinunter zum See. Zum Motorboot.

Die Nacht war schwarz und die Wolken hingen tief und es war unheimlich still. Es war eine Herbstnacht, die Erde roch und die drei bestiegen das Motorboot, verließen die Erde und trauten sich dem Wasser an.

Das Motorboot war, wie gesagt, zu groß. Aber schön und gediegen. Es konnten tatsächlich zwei Personen schlafen, eine essen, eine steuern. Trinken konnten alle zu dritt. Es war auch eine kleine Bibliothek da, lauter Bücher über das Motorboot. Da stand drinnen, was man machen muß, wenn das Motorboot kaputt geht. Auch viele Fahnen waren da – von allen Ländern, Handels- und Kriegsflaggen, und Seeräuberflaggen und die Quarantäneflagge.

Lautlos glitt das Motorboot vom Steg fort – und stach in den kleinen See. Jetzt wurde die Nacht heller, die Tannen standen schwarz an den Uferhügeln und der Mond lag im Wasser. -

Den See verließen sie durch einen kleinen Kanal und da warfen sie noch einen letzten Blick auf ihre Heimat und mitten drin auf das Gasthaus zum wilden Löwen. Eine stille Wehmut zog in ihre Herzen, aber bald sollten sie auf andere Gedanken kommen. Die Wehmut hatte nicht viel Sinn, denn eigentlich verließen sie ihre Heimat nicht tragisch – Wehmut, und sie dachten an die schönen seligen Wirtshausstunden und grüßten den wilden Löwen.

II.

So fuhren sie immer weiter weg vom Land und die Erde drehte sich und sie fuhren in entgegengesetzter Richtung – und als die Sonne kam, sahen sie nur mehr Wasser um sich, kein Fleckchen Erde, nicht einmal einen Hauch Erde am ganzen Horizont. Himmel und Wasser und beides fast gleich blau – und das Meer lag still und gemütlich da, ein großer braver Bruder der stillen Weiher der Kindheit inmitten schwarzer Wälder.

Ludwig schlief noch und Kowarek trank gerade etwas Schnaps, weil er einen schlechten Magen hatte, eine Magenverstimmung, weil er den Abend vorher zuviel Schnaps getrunken hat, da rief plötzlich Schlamperl, der am Steuer saß: »Kreuzkruzifix, jetzt merk ichs erst, daß wir keinen Kompaß haben! Na das ist ja eine feine Bescherung! Ohne Kompaß kann man doch nichts erreichen, suchts ihn auch, Kowarek! He, Ludwig, wach auf, und such den Kompaß! Ohne Kompaß kann es uns leicht passieren, daß wir immer nur im Kreis rumfahren und dazu hab ich keine Lust!«

Aber sie fanden keinen Kompaß, obwohl sie alles durchwühlten – nur in der Bibliothek fanden sie ein Buch. Aus diesem Buch bestand die ganze Bibliothek. Das Buch hieß »Der Kompaß. Eine historische Untersuchung« und Ludwig schlug die Seiten auf und las auf gut Glück: »Die Chinesen sollen den Kompaß schon 121 v. Chr. benutzt haben. Die früheste Kunde von der Nordweisung treffen wir bei Alexander Neckam, dem Milchbruder von Richard Löwenherz, und etwas später bei Guiot von Provins, und es ist nicht sicher, ob die Nadel aus China unmittelbar oder durch die Hände der Araber nach Europa gelangt ist.«

»Was nützt uns das, diese historischen Reminiszenzen?« sagte Kowarek und machte einen resignierten Eindruck, auch Schlamperl hatte das Steuer resigniert verlassen.

»Irrtum«, sagte Ludwig, »wir müssen durch die Geschichte lernen. Und was lernen wir durch diesen Bericht? Etwas für uns ungeheuerlich Nützliches, mit praktischen Folgen für unsere Lage – die Geschichte ist die beste Lehrmeisterin! Wir lernen daraus, daß der Kompaß im besten Falle 121 v. Chr. erfunden worden ist, und zwar in China – und was haben die Leut bis dahin gemacht, he? Sind sie nicht gefahren? Denkt nur an die Wikinger, Römer, Griechen, Phönizier? Sind die vielleicht nicht gefahren? Die Wikinger sind ja sogar nach Amerika! Und was haben die Chinesen gemacht vor 121 v. Chr.? Sind die vielleicht nur gelaufen und gegangen – oh nein! Die hatten auch schon eine Flotte! Kriege haben sie sogar geführt ohne Kompaß! Ich erinnere nur an die römischen Entenbrücken und an deren Erfinder! Ganz abgesehen davon, daß wir hier in Europa im besten Falle erst durch Alexander Neckam, dem Milchbruder von Richard Löwenherz, erfahren haben, was ein Kompaß ist! Da lest es mal selber! Das ist ein sehr kluges, aufschlußreiches Werk! Da könnt ihr viel lernen! So, und jetzt übernehme ich das Steuer! Weg da! Hoppla, jetzt komm ich! Prost!«

Während Ludwig das erzählte, bewölkte sich der Himmel etwas und überallher kamen kleine Wellen auf das Boot zu. »Hoffentlich kommt kein Orkan«, meinte Schlamperl besorgt, »das fängt immer so klein an« – aber kaum hatte er ausgesprochen, zogen die Wolken schnell weg und die kleinen Wellen beruhigten sich, hörten auf, und es gab wieder nur Sonne und Meer. »Wir haben Glück«, konstatierte Ludwig.

So fuhren sie ohne Kompaß dahin. Jetzt stand der Ludwig am Steuer, der Schlamperl schlief und träumte von einem alten Jahrgang – und der Kowarek lag am Bauch und stierte in das Meer hinab. Das war ungewöhnlich durchsichtig und wurde es noch immer mehr. Er konnte bis zum Boden hinabsehen, und was es da alles gab! Seltsame große Wälder, Tintenfische und Medusen, fleischfressende Pflanzen, Wracke, Kriegsschiffe, aller Zeiten, eine Galeere mit angeketteten Skeletten – Tiefseefische, die haben sich selber geleuchtet. Und der Sägefisch hat gesägt, und die Muscheln und die Perlen – und alle möglichen Formen, kurze und dünne, er konnte sich gar nicht von dem Anblick trennen, bis es Nacht wurde. – War das ein Leben!

III.

Drei Tage und drei Nächte fuhren sie nun so ohne Kompaß über das Meer. Es war ihnen direkt schon etwas langweilig und besonders steuern wollte keiner mehr, jeder drückte sich vor dieser Arbeit. Sie war auch eigentlich sinnlos, so ließen sie also nur den Motor laufen und spielten Karten. Tarock, Skat, Siebzehnundvier. Sechsundsechzig. Poker. Back.

Und sie merkten es gar nicht, daß sie sich einer Insel näherten, so vertieft waren sie. Erst im letzten Augenblick – als sie schon fast mit dem steilabfallenden weißen Felsen aus Kalk zusammenstießen, merkten sie was, denn der Felsen warf einen Schatten auf sie. Entsetzt sprangen sie auf und rissen alle drei das Steuer herum, und nur Ludwig ließ seine Karten nicht fallen, denn er hatte ein gutes Blatt.

Aber die beiden anderen, wollten nicht mehr weiterspielen, denn die Insel hatte sie zu sehr aufgeregt. Und alle drei faßten den festen Entschluß, hier mal ans Land zu gehen, denn sie wollten mal wieder Erde unter sich fühlen.

Die Insel war eine sehr kleine Insel und machte, trotz der steilen Felsen einen lieblichen Eindruck, besonders von der anderen Seite. Sie fuhren zuerst dreimal um die Insel herum, und das dauerte eine halbe Stunde. Dann einigten sie sich endlich, wo sie landen werden. Es ging glatt. Schlamperl war der erste, der die Insel betrat.

Diese Insel war ein kleines Paradies, gegen die rauhen Winde schützten es Felsen – drinnen wuchsen Bananen und Äpfel, Obst und Trauben, Gemüse – man sah nur nirgends ein animalisches Wesen. Kein Vogel sang. Da – plötzlich bellte ein Hund, dann noch einer und noch einer, eine ganze Meute. Und schon stürmte die Meute aus den Büschen, bellte fürchterlich und als sie die Fremden erblickte, wedelten sie mit dem Schwanz und machten Männchen. Es waren keine reinrassigen Hunde, sagte Kowarek, der etwas davon verstand. Möpse, eine unmoderne Rasse, die es eigentlich nicht mehr gibt? Wie kommen denn da die Möpse auf die Insel?

Und immer mehr Möpse kamen, überallher – »Das ist ja die reinste Mopsinsel«, sagte Ludwig, »große Möpse, kleine, dicke, feurige, alte, junge, und alle wedelten mit dem Schweife und machten Männchen, küßten ihnen die Hand. »Artige Tiere«, meinte Ludwig.

»Und gut gepflegt, die müssen jeden Tag gebürstet werden. Wer bürstet denn da die Möpse?« wollte er gerade fragen, da erblickte er einen Mann, ein sonderbares Wesen, er hatte ein Blattgewand an, lange Haare und einen langen Bart – »Bieber«, sagte Schlamperl, »vierundfünfzig Punkte«.

Der Bieber stand regungslos da und starrte die Leute an, die ihn grüßten – aber er starrte noch immer, als hätte er noch nie einen Menschen gesehen. Aber dann kam er langsam näher und fragte »Wer seid ihr?«

»Wir? Wir sind hier mit einem Motorboot.«

»Motorboot?«

»Ja. Warum?«

»Was ist das: Motorboot?«

»Dort.«

»Aha!«

»Wer bist denn du?«

»Ich bin ein Mensch! Oh wie bin ich froh wieder Menschen zu sehen! Nein, das ist ja kaum glaublich! Seit vierzig Jahren sitz ich hier auf dieser Insel, ich bin nämlich ein Schiffbrüchiger der einzige Überlebende, an einer Planke hab ich mich gehalten und bin hierher gespült worden, vierzig Jahre lang hab ich gehofft, und jetzt ist endlich wer da, der mich mitnimmt! Nein, ist das wunderbar! Wunderbar!«

Und so war es auch. Der Bieber hat sich auf die Insel gerettet, das Schiff war gesunken vor vierzig Jahren, er wollte auswandern, aber er kam nicht dazu. Nun baute er sich hier ein Haus, eine Hütte – als er sich an der Planke festhielt, sah er einen Mops im Wasser schwimmen, er setzte den Mops auf die Planke, der Mops war aber eine Möpsin und noch dazu trächtig, kaum auf der Insel angelangt, warf die Möpsin, und das waren ihre Nachkommen – rund tausend, sagte der Bieber, und jeder hat seinen Namen, Mandi, Azorl, usw.

Der Bieber kannte die Möpse genau und ihre ganze Genealogie, die Geschichte dieser ganzen Mopsgeschlechter.

Und der Bieber erzählte, was er für Sehnsucht hat nach der Erde, nach den Menschen und nach einem richtigen Schweinskotelett mit Gurkensalat. Denn auf der Insel gab es nur Gemüse, nur Pflanzen – und einen Mops essen, nein, das bringt er nicht übers Herz.

Die Hütte des Biebers war komfortabel. Auf einem Lager weichen Grases schlief er. Und der Mond war größer wie in der Heimat und lächelte freundlicher. Es war herrlich – Der Bieber servierte einen wunderbaren Palmwein und dafür erhielt er vom Kowarek ein Stück Schinken. Er geriet in Verzückung, verschluckte sich und wäre fast erstickt, so gierig hat er es hinuntergefressen.

»Wir müssen ihn mitnehmen, das ist menschliche Ehrenpflicht«, sagte Ludwig, »hoffentlich sauft er uns nicht alles weg.« Unter einer Bedingung, wenn er nicht zu viel trinkt und er wandte sich an den Bieber: »Trinken Sie?«

Der Bieber grinste. »Natürlich«, sagte er. »Und was trinken Sie?« fragte Kowarek. »Alles«, sagte der Bieber, »was kommt. Bier, Schnaps, Wein, Champagner.«

»Den können wir doch nicht mitnehmen«, meinte Schlamperl, »das geht zu weit! Wir werden uns doch nicht opfern wegen dem! Der sauft uns garantiert alles zusammen! Wenn der vierzig Jahr da gesessen ist, dann kann er auch noch weiter sitzen!«

»Lieber Schlamperl«, meinte Ludwig ernst, »so darf man nicht denken, wir nehmen ihn natürlich mit, keine Frage! Aber trinken darf er nichts, sowie er was trinkt, haun wir ihm die Schaufel nauf und werfen ihn ins Wasser! Basta!«

Der Schlamperl knurrte noch etwas von unnötigen Komplikationen, aber dann schwieg er – von Komplikationen, die sich die Menschen bereiten, und man könnt sich sein Leben viel einfacher einrichten.

IV.

Dieses Buch behandelt eine sonderbare Reise dreier Zeitgenossen, die wo das große Los gezogen haben – und sich nun um ihr ganzes

Geld ein schönes großes komplettes Motorboot mit Proviant gekauft haben, anstatt mit dem Gelde sich eine Existenz zu gründen, oder anderen zu helfen, aber maßen sie sehr liederlich und leichtsinnig waren.

Eigentlich, daß muß der Verfasser gestehen, hat er diese drei Zeitgenossen noch niemals ganz nüchtern gesehen. Entweder traf er sie im Wirtshaus oder sie kamen gerade aus dem Wirtshaus. Nur sehr selten oder gingen ins Wirtshaus, dann waren sie vom Tag vorher noch voll. Am nüchternsten waren sie noch drinnen im Wirtshaus, und das sagt ja genug.

Der Verfasser will dieses Buch schreiben für Leute, denen es schlecht geht – die sollen es lesen, und falls sie aber überhaupt nichts mehr lesen wollen, was verständlich ist, dann sollen sie es sich vorlesen lassen. Falls sie aber auch nichts mehr hören wollen, dann werden sie aber auch nicht lachen über dieses Buch, und dann sollen sie es garnicht lesen.

Nach wie vor gilt aber dem Verfasser als höchster Spruch: Gegen Lüge und Dummheit. Werdet aufrichtig, erkennt euch selbst! Nehmt euch nicht zu ernst, es steht euch weder an noch gut.

Schlamperl: Variante

I.

Es war einmal ein junger Mensch, der hieß Christian Schlamperl und war, wie alle anderen jungen Menschen, die eben die Schule verlassen. Er konnte lesen und schreiben, nicht immer fehlerfrei, aber immerhin fließend. Auch wußte er, wo Afrika liegt, kannte das kleine und das große Einmaleins und wußte, wer Nero gewesen ist.

»Was willst du werden?« fragte ihn sein Vormund, denn er hatte keine Eltern mehr. Sein Vater war Soldat und es hat ihn eine Granate zerrissen, und seine Mutter hat sich sehr gegrämt, sodaß sie eines Tages der Vater geholt hat. Der Christian ist im Bett gelegen und hat ruhig geschlafen, und hat es nicht gehört, daß die Mutter weint – da hat der Vater ganz leise an das Fenster geklopft. Die Mutter sah hinaus. Draußen stand der Vater als Soldat, aber die Mutter hat ihn nicht gleich erkannt, weil er einen Bart getragen hat. »Ich bin es«, sagte der Vater. »Du sollst nicht mehr weinen.« Und der Vater ist jede Nacht gekommen zur Mutter, »aber du darfst es niemand sagen«, sagte er. Aber eines Tages in der Früh (die Mutter wurde immer glücklicher) da zeigte sie der Nachbarin ein Stückchen Heidegras – »das hat er mir gebracht von seinem Grab, er liegt unter der Erde in Frankreich und besucht mich jede Nacht«. Und die Nachbarin erzählte es gleich weiter und alle sahen die Mutter scheu an. Und eines Tages wurde die Mutter in ein Haus gebracht, in ein Haus mit vergitterten Fenstern und Türen ohne Klinke, das sie nie wieder verlassen hat. Dort ist sie auch gestorben. Aber der Vater hat sie auch dort besucht. »Sie ist verrückt geworden«, sagten die Leute.

»Ich möcht das werden, was mein Vater gewesen ist, nämlich Oberkellner«, sagte Christian seinem Vormund jetzt. »Gut«, sagte der Vormund und steckte Christian in eine Kellnerschule, dort lernte er servieren, einschenken, bedienen, tranchieren, Salat anmachen – kurz alles, was ein Kellner wissen muß. Und bald verließ er die Kellnerschule als fertiger Kellner und konnte es schon kaum mehr erwarten, zu bedienen.

Nun war aber gerade eine große Notzeit auf der Welt – eine Notzeit, gegen die die sieben mageren Jahre noch die reinsten Schlaraffenzeiten waren. Die Leut wußten sich schon gar nicht mehr zu helfen und viele sagten, der liebe Gott strafe die Menschheit, weil die Menschen so viele Sünden begangen hätten. Aber das war eine zweischneidige Feststellung, weil was die einen unter Sünde verstanden, war für die anderen eine Tugend und umgekehrt. Und viele wieder sagten, das könne unmöglich der liebe Gott sein, der die Menschheit strafe, denn es gäbe doch keinen lieben Gott. Das müßten die reichen Leute sein, und die Reichen sagten, daran wären nur die Armen schuld, weil es zuviel von ihnen geben würde. Und die Reichen bezichtigten sich gegenseitig und richteten sich gegenseitig zu Grund. Und gar viele meinten auch, daß es den Leuten besser gehen würde, wenn sie nicht soviel lügen täten, sich selbst besser kennen lernen würden und aufrichtiger wären, aber denen glaubte natürlich niemand. Und einzelne behaupteten, die Leut wären halt zu dumm, und die wurden fast erschlagen. Kurz: es waren furchtbare Jahre, die Fabriken standen still, die Hochöfen waren ausgeblasen, die Bergwerke waren still, im Hafen verrosteten die schönsten Schiffe, die Geschäfte wurden geschlossen, die Wohnungen standen leer, weil sie keiner mehr bezahlen konnte und die Leute verhungerten und erfroren auf der Straße.

Traurig ging Christian mit seinem guten Zeugnis in der Tasche durch die Straßen, denn was soll ein Kellner machen in einer Zeit, wo die Leut verhungern müssen. So kam er bis an den Hafen. Dort standen die schönsten Schiffe und verrosteten, und die Matrosen standen am Kai und keiner gab einen Laut von sich. Sie redeten auch nichts miteinander und es war unheimlich still. Was dachten die Matrosen? Und als Christian da drunten stand, da ging es ihm plötzlich durch den Kopf: Du bist ja auch nur ein Matrose und stehst da im Hafen und mußt zusehen, wie dein Schiff verrostet, das Segel verfault – du müßtest um die Welt segeln, derweil stehst du da und schweigst. Warum schreist du nicht?

Und Christian schrie – aber schon stürzten zwei dicke Polizisten auf ihn zu, schlugen ihm aufs Maul und führten ihn ab ins Gefängnis. »Warum helft ihr mir denn nicht?« brüllte Christian zu den Matrosen, aber die sahen nur schweigend zu und halfen ihm nicht, denn sie hatten es bereits erfahren, daß Schreien keinen Sinn hat. Etwas ganz anderes hätte einen Sinn, dachten die Matrosen, aber darüber darf man nicht reden, also schweigen sie. Ihr Schweigen war ihre Sprache, aber Christian verstand sie nicht, weil er halt eben noch zu jung war, gerade erst die Schule verlassen hatte und meinte ein gutes Zeugnis gibt ein Recht. Oh armer Christian! Welche Einfalt. Und da der Christian die Sprache der Matrosen nicht verstand, war er böse auf sie und begriff sie nicht. Er ging hin. Und er faßte den kühnen Entschluß, fortzufahren, er wollte weg, irgendwohin, es war ihm gleichgültig wohin.

Im entlegensten Winkel des Hafens lag ein winziges Segelboot, dessen Inhaber bereits verhungert war. Es war herrenlos und niemand kümmerte sich darum, es hätte keinen Sinn gehabt, es sich anzueignen, weil es sich doch niemand abgekauft hätte und essen kann man ein Segelboot bekanntlich nicht. Also setzte sich Christian hinein und segelte ab. Es war ihm gleichgültig, wohin. Aber vorher schrieb er noch an den Landesvater einen Brief, in welchem er ihm auseinandersetzte, daß er nun abfährt, er allein, auf einem kleinen Boot. »Schau schau!« sagte der Landesvater, als er am nächsten Morgen den Brief erhielt, »das lob ich mir! Allein auf einem Segelboot! Es ist also die Initiative dieses Volkes, die Kraft noch nicht ausgestorben!« Und zu seinem Staatssekretär lief er herein und wollte ihm sagen, daß er das durch Rundfunk bekannt gibt all den schweigenden Matrosen, aber er konnte es nicht mehr sagen, denn gerade wie er sprechen wollte, flog eine Bombe in das Zimmer, die einer der Matrosen geworfen hat, explodierte, hüllte alles in Rauch und Schutt und der Landesvater hatte das Maul voll Staub. Traun, es war eine unruhige Zeit!

II.

Christian Schlamperl hatte günstigen Wind. Rasch und lautlos glitt das Boot über das stille Meer, das Land verschwand und bald war auch kein Leuchtturm zu sehen. Die Erde drehte sich und er fuhr in entgegengesetzter Richtung. Auch das Meer drehte sich, denn auch das Wasser gehört zur Erde.

Er freute sich, daß er das Land verlassen hatte, und da war etwas Grimm dabei. Und er freute sich doppelt, denn das Meer machte einen durchaus gemütlichen Eindruck, und der Himmel auch. Aber plötzlich bewölkte er sich etwas und von überall her kamen kleine Wellen auf das Boot zu. »Hoffentlich kommt kein Orkan«, dachte er besorgt, »das fängt nämlich immer so klein an, weil ich das auf der Kellnerschule so gelernt hab« aber kaum hatte er dies zu Ende gedacht, zogen die Wolken schnell wieder fort und Wellen hörten auf. »Mir scheint, ich hab Glück«, konstatierte er und ließ sich treiben. Er sah in das Wasser hinab und das war da riesig durchsichtig und wurde es immer noch mehr – bis er bis zum Boden hinabsehen konnte! Und was es da alles gab. Seltsam große Wälder, Tintenfische und Medusen, fleischfressende Pflanzen, gesunkene Schiffe aller Länder und Zeiten, Korallen und Tiefseefische, die sich selbst leuchteten. Und Sägefische, die sägten, und Muscheln, die keine Ahnung davon hatten, daß sie eigentlich Perlen sind – und alles mögliche hat da gelebt, und zwar ganz durcheinander, kurze und dünne – da gab es Fische, die bestanden nur aus Kopf, andere hatten wieder keinen Kopf, welche waren kugelrund, andere platt, wie Seidenpapier, wieder andere bestanden nur aus einer Flosse. – War das ein Leben!

Gegen Abend begegnete er einem sonderbaren Gefährt. Es sah aus, wie eine hölzerne Badewanne, eine altmodische und drinnen saß ein Herr in Frack und Zylinderhut, der ruderte mit einem eleganten Spazierstock. An einer hohen Stange hatte er eine Flagge gehißt, wahrscheinlich die Nationalflagge.

Christian hatte noch nie etwas dergleichen gesehen und er wunderte sich sehr. Der elegante Herr, ein richtiger Kavalier, kam ganz nah zu ihm herbeigefahren, lüftete den Zylinder und grüßte ihn höflich.

»Guten Abend«, sagte Christian.

»Sie werden sich wundern«, sagte der Kavalier, »aber Sie müssen wissen, daß ich einen Rekord aufstellen wollte, ich bin sehr traurig, ich wollte nämlich einen Rekord aufstellen, und in einer Badewanne die Welt umreisen – nun bin ich knapp vor dem Ziel, vierzehn Jahre bin ich unterwegs, aber die Badewanne ist porös geworden. Ich halt es noch höchstens eine Stunde aus. Leider kann ich nicht schwimmen. Bitte nehmen Sie mich auf, darf ich zu Ihnen übersteigen, es ist mir zwar gleich wohin Sie fahren, was hab ich schon verloren? Nichts. Ich würde auch untergehen, aber wie Sie sich überzeugen können, ist die Wanne voll Schnaps, die mir der Präsident von Trapezunt anläßlich meiner Durchfahrt geschenkt hat – ich kann nämlich ohne Alkohol nicht leben. Man würde mich mit Konfetti empfangen, leider ist das aber Essig. Mein Lebenswerk ist zerstört. Es geht mir schlecht und man kann nur etwas erreichen, wenn man auffällt. Perdu! Da nehmen Sie die Flaschen hinüber, verstauen Sie sie gut! Es ist auch ein kleines Faß dabei. Prima! So!«

Und er stieg zu Christian über, küßte vorher noch seine Nationalflagge und sah seiner Wanne noch lange nach. Plötzlich ging die Wanne unter, als würde sie wer heruntergezogen haben. Der Kavalier wischte sich eine Träne aus dem Auge und wandte sich an Christian: »Können Sie Karten spielen?« fragte er ihn.

III.

Der Kavalier war ein angenehmer Gesellschafter. Er hatte es auch bald überwunden, seine Wanne, zunächst besoff er sich, um die Wanne zu überwinden. Auch Christian trank die erste Hälfte der Nacht mit und dann spielten sie beide die andere Hälfte der Nacht Karten. Tarock. Skat. Siebzehnundvier. Sechsundsechzig. Pocker. Back.

Als es wieder Tag wurde schliefen sie, und in der Nacht soffen sie und spielten Karten. So ging das eine Zeit. Bald wurde aber der Alkohol immer weniger und das Kartenspielen übte auch keinen Reiz mehr aus.

Am dritten Tage, gegen Abend, sie wachten gerade auf und wollten einen kippen, da tauchte vor ihnen eine kleine Insel auf. Diese Insel war sehr klein und machte einen lieblichen Eindruck. Gegen die rauhen Winde schützten sie hohe gute Felsen und so weit man von außen her das Innere erblicken konnte, wuchs im Übermaß Obst und Gemüse.

Die beiden beschlossen auszusteigen und sich einige Äpfel zu holen. Kaum betraten sie aber die Insel, die in jeder Weise unbevölkert schien hörten sie einen Hund bellen, und dann noch einen. Und noch einen und noch einen, und dann stürmte eine ganze Meute auf sie zu – aber sie bellten nur, kaum daß sie nämlich die beiden erblickten, wedelten sie mit dem Schwänze und machten Männchen. Es waren lauter Möpse.

»Artige Tiere«, meinte der Kavalier, »daß so eine unmoderne Rasse noch lebt und in solchem Ausmaß – na das werden doch sicher mindestens sechshundert Stück sein.« Es waren aber noch mehr. Genau 987.

»Und gut gepflegt«, konstatierte Christian und dachte darüber nach, wer die Möpse so gut pflegen mag, ob sich die Möpse selber pflegen – da entdeckte er ein sonderbares Wesen. Das war ein Mensch, und zwar ein alter Mann, der hinter einem niederen Gebüsch stand und ihn entgeistert anstarrte. Er hatte ein Gewand aus Blättern an, lange ungepflegte Haare und einen langen ungepflegten Bart – »Bieber«, sagte Christian rasch, »vierundfünfzig Punkte«. Und das ärgerte den Kavalier.

Der Bieber stand noch eine ganze Weile regungslos erstarrt da, als hätte er noch nie einen Menschen gesehen, aber plötzlich sprang er vor, schrie aus Leibeskräften und vollführte einen Freudentanz. Dabei schrie er immer, dann rannte er zu den beiden hin und umarmte sie und küßte sie. Er war ganz toll vor Freude. In einemfort schrie er: »Oh wie bin ich froh, wieder Menschen zu sehen! Menschen! Menschen! Rettung! Rettung! Oh du mein Gott, seit vierzig Jahren sitz ich hier auf dieser Insel, oh ich armer Schiffbrüchiger – oh ich armer einziger Überlebender! An einer Planke bin ich hier an das Land gespült worden! Vierzig Jahre hab ich gehofft und gehofft! Und jetzt ist die Rettung da! Ihr nehmt mich mit, nicht wahr! Ja ja ja! Ihr nehmt mich mit! Nein, das ist ja wunderbar! Wunderbar – Oh du mein Gott wie danke ich dir für diese wunderbare Errettung nach vierzig Jahren!« Und er warf sich auf die Knie und betete, zuerst laut, dann leise. Dann wieder leise und dann wieder laut.

»Da haben wir es«, meinte der Kavalier leise, »jetzt müssen wir ihn mitnehmen, da hilft uns kein Gott. Ich war innerlich eigentlich gleich dagegen, hier auszusteigen, wegen der paar Äpfel« – und er betrachtete haßerfüllt die freundlichen Möpse, die ihm alle aufmerksam zuhörten. Aber sie verstanden nicht, was er sagte. »Das ist menschliche Ehrenpflicht aller Seefahrer, Schiffbrüchige zu retten«, fuhr der Kavalier grimmig fort »hoffentlich sauft er uns nicht alles weg, wir haben eh nicht mehr viel.« Und er wandte sich an den betenden Bieber: »Trinken Sie gern?« Der Bieber grinste über das ganze Maul. »Natürlich«, sagte er treuherzig.

»Und was trinken Sie, wenn man fragen darf?«

»Was kommt«.

»Bier?«

»Dunkel und hell.«

»Wein?«

»Rot und weiß.«

»Schnaps?«

»Süß und herb.«

»Sekt?«

»Ist doch klar«, meinte der Bieber und gähnte gelangweilt. »Und was denn noch vielleicht?« meinte der Kavalier und es lag etwas Drohendes in seiner Stimme.

Der Bieber winkte nur ab. »Bowle, Cocktail, Cobler, Glühwein, Grog, Likör, Apfelmost, Apfelwein -«

»Genug!« sagte der Kavalier und war fest entschlossen, den Bieber scharf zu beobachten – und knurrte etwas von unnötigen Komplikationen, die sich die Menschheit und das Leben selbst bereiten.

IV.

»Ist ihm schlecht?« fragte der Bieber besorgt, »a das würde mir aber leid tun, kommens setzen wir uns etwas« – und er führte die beiden Herren vor seine Hütte, die er sich aus Holz und Blättern und Schlingpflanzen gebaut hatte. Es war alles da, auch eine Hängematte aus Schlingpflanzen. »Meine Hunde schlafen im Freien«, sagte der Bieber, »Sie werden sich sicher wundern, wieso diese vielen vielen Hunde hier sind, und zwar alles Möpse. Ja das ist eine längere Geschichte, die läßt sich eigentlich nicht so von heut auf morgen erzählen. Also ich bin, wie gesagt, ein Schiffbrüchiger. So vor zirka vierzig Jahren, wie gesagt, wollte ich auswandern – aus meiner Heimat, wie gesagt, weil ich strebsam war und dachte Gold zu finden jenseits der Meere, wie gesagt – aber wie gesagt, ich fand kein Gold, sondern das Schiff mit dem ich fuhr, ging unter, wie gesagt, und alles ertrank, wie gesagt, und ich bin der einzige Überlebende, wie gesagt – (hier dachte der Kavalier: wenn der Bieber jetzt noch einmal »wie gesagt« sagt, dann haut er ihm eine herunter; aber der Bieber sagte nun kein einziges Mal mehr »wie gesagt«, weil er Instinkt hatte) – Also fuhr der Bieber fort, »das Schiff war groß, wahrscheinlich gibt es aber noch viel größere, und ich bewohnte eine Kabine. In der Nebenkabine wohnte ein junges Ehepaar, sie war eine Amerikanerin und hatte ihn geheiratet, er war Europäer, und da ging es jede Nacht hoch her, sogar schon vormittags und nachmittags. Manchmal hat das geklungen, wie eine Sirene, hehehe.«

»Hehehe«, lachte der Kavalier und auch Christian lachte »Hehehe«, denn so etwas hört man immer gerne.

»Manchmal hat es geklungen, als krachte das Bett zusammen, dann wieder – mein Gott, was waren das alles für Geräusche, zuerst hab ich gedacht, daß da neben mir ein Alchimist fährt, der sich ein Laboratorium eingerichtet hat, und ich hab es schon dem Kapitän melden wollen, weil ich gedacht hab, da könnt was explodieren – aber da hab ich gehört, wie sie gehaucht hat »Ah Heinrich! Enrico!« Und dieser Hauch war so stark, daß das Schiff leise gezittert hat und die Gläser im Speisesaal gewackelt haben. Und dann hauchte er »Ah Maud! Maud!« Und dieser Hauch war so stark, daß die Gläser vom Tisch gefallen sind, so hat das Schiff gezittert, und der Steuermann ist umgefallen – man hat überhaupt nicht gewußt, wovon das Schiff so gezittert hat, aber ich habe den Mund gehalten, denn ich bin ein guter Mensch und wollte keine junge Liebe stören. Die hört eh bald genug auf, dann können ns Jahre lang auf einem Kajak fahren mit so einem Paar, und können ruhig schreiben, da rührt sich nicht einmal ein Seismograph – kurz und gut: ich hab das Geräusch sehr gern – hehehe!

»Hehehe«, lachte wieder der Kavalier und auch Christian lachte »Hehehe!«

»Aber der Kapitän hat sich nicht beruhigt und hat die Dampfkessel nachschauen lassen, aber es war alles in Ordnung. Und ich hab mir heimlich ein Loch in die Wand gebohrt und hab in der Nebenkabine zugesehen. Und das war auch in Ordnung. Könnt euch vorstellen, was ich da alles gesehen habe, was für gewagte Angelegenheiten, hehehe!«

»Hehehe«, lachte der Kavalier und auch Christian lachte wieder »Hehehe!«

»Ich hab schon zirka vier Nächte lang zugesehen, da hab ich plötzlich bemerkt, daß die Frau einen verkrüppelten kleinen Zehen gehabt hat, also das hätt mich schon sehr gestört, und ich könnt nicht zuschauen, so empfindsam bin ich in solchen Dingen – wenn da nicht alles klappt, dann rühr ich kein Weib an! Aber der Mann schien den Zehen nicht bemerkt zu haben, oder zu übersehen, ich verstehe solche Leute nicht!«

»Zur Sache!« meinte der Kavalier.

»Ja und dann eines Tages ging das Schiff unter, weil die beiden zuviel gerammelt haben, zuerst ist das Bett entzwei, dann der untere Raum, dann der Kesselraum, dann der Kiel, es hat ein riesiges Loch gerissen, und das Wasser ist von unten emporgeschossen, und das Schiff ist untergegangen mit Mann und Maus, hehehe! Nur ich hab mich gerettet, weil ich gerade schon zum Fenster hab hinausspringen wollen, weil ich seit dem verkrüppelten Zehen das Geräusch nicht mehr hören konnte, ich bin schon ganz nervös gewesen und außer mir – und das war meine Rettung! An einer Planke hielt ich mich fest und die Nacht war schwarz, da hörte ich neben mir etwas winseln. Es war ein Mops. Ich legte ihn auf die Planke, das Brett und nach zwei Tagen wurden wir hier auf diese Insel verschlagen – ich war gerettet, aber abgeschlossen von der Welt. Der Mops war eine Hündin, und zwar war sie trächtig, nach vierzehn Tagen hat sie geworfen, und das ging dann immer so weiter, kreuz und quer, drunter und drüber – die vielen Möpse sind alles Abstämmlinge einer Stammmutter. Ganze Generationen sind an mir vorbeigewandert, ich war gewissermaßen ihr lieber Gott, jeder hat seinen Namen, oft haben sie miteinander gerauft, aber jetzt nehme ich jeden neugeborenen Mops sofort in Zucht, zuerst hat das natürlich nichts genutzt, wie sie groß waren sinds aufeinander los, aber jetzt – mit der Zeit hat sich das anscheinend gelegt, wie bei den Menschen, sie haben sich zusammengerauft und jetzt sinds artig. Die letzten, die geboren worden sind, haben schon Männchen machen können und waren noch blind. Stellens Ihnen das vor, aber heutzutag ist das bei den Menschen, wenn das auch so leicht ging!

So jetzt wissen Sie alles von mir, aber was hat sich denn auf der Welt ereignet?«

»Das läßt sich nicht so einfach schildern«, sagte der Kavalier. »Auf alle Fälle hat sich sehr vieles ereignet, zum Beispiel haben wir einen Weltkrieg gehabt -« und er erzählte von Kriegen, Erdbeben. Verwüstungen, stürzenden Thronen, Republiken monarchistischen und republikanischen Monarchien, ermordeten Ministern, Grippe und Pest und von all den Dingen, die sich auf der Welt in vierzig Jahren halt so ereignen.

Der Bieber hörte aufmerksam zu und sagte dann nur: »Ich habs mir ja gleich gedacht. Aber einerlei! Kommens, nehmens mich mit! Ich möcht doch lieber wieder im Bett liegen, ein Bier trinken und so Sachen! Los! Auf!« Und er stieß einen Pfiff aus und da kamen alles Möpse von überallher und scharten sich um ihn. »Allons!« sagte der Bieber und setzte sich mit seinen Möpsen in Bewegung, Richtung Segelschiff. »Was machen Sie denn mit den Hunden?« fragte der Kavalier. »Die Hunde nehm ich mit«, sagte er. »Unmöglich! So schauns doch das Segelschiff, da haben doch höchstens wir Platz, aber die Hunde? Habens denn kein Augenmaß? Das ist doch kein Lastdampfer, sondern ein Segelschiff!«

»Also gut!« sagte der Bieber, »dann fahr ich ohne Hunde«. Er stieg ein und das Schiff stach in die See. Und da standen sie nun alle am Ufer, alle Möpse und sahen dem Bieber nach. Und das brach dem Bieber das Herz. »Nein! Das halt ich nicht aus! Fahrts zu und glückliche Reise!« Er sprang ins Wasser und schwamm zurück, und der Möpse viele schwammen ihm entgegen und holten ihn im Triumphzug ab.

Und wenn er nicht gestorben ist, dann lebt der brave Bieber noch heute, inmitten seiner Möpse.

V.

Zwei Tage später trafen sie ein seltsames großes Schiff, das stand plötzlich vor ihnen, versperrte ihren Weg. Es war seltsam anzusehen. »Mir scheint, das ist ein Segelboot«, sagte Christian. »Oh nein, das ist ein Dampfboot.« »Oh nein, das ist ein Motorboot.« »Ich hab mich geirrt, ein Motorboot.« Wenn mich nicht alles täuscht, dann hat es Schraubendampfer aber es hat auch hinten einen Propeller.«

Sie waren in einen fürchterlichen Orkan gekommen. Zuerst achteten sie nicht weiter auf den Orkan, spielten Karten – aber dann wurde es ihnen schwummerlich, und Christian meinte, ob es nicht doch vielleicht etwas Närrisches sei, da so zu fahren, aber der Kavalier lehnte entrüstet ab, und sagte, ohne Närrischkeit möcht er nicht leben, da tat er jetzt dort noch herumstehen bei den schweigsamen Matrosen. Und da gab ihm Christian wieder recht.

Und kaum hatte er ihm recht gegeben, ebbte der Orkan ab, die Sonne drang durch die schwarzen Wolken und die See glättete sich und da sahen sie erst, daß ein großes Schiff vor ihnen stand und ihren Weg versperrte.

Es war ein tolles Leben auf dem Bord, und Christian schien, daß es ein großes Gemisch sei. Und schon löste sich ein Boot von der Seite des Schiffes und fuhr auf sie zu. Es war ein Ruderboot, Motorboot, Dampfboot, Segelboot. Manche segelten, manche ruderten, manche Motor manche heizten die Kessel und einer war da, der pfiff immer. Es fiel nur auf, daß keiner steuerte. Trotzdem erreichten sie das Segelboot und nun gings erst los: einer wollte ihm etwas berichten, aber alle redeten durcheinander in den verschiedensten Sprachen – sie prügelten sich, endlich rammten sie das Segelboot, retteten dann die beiden aus dem Wasser, in dem alle hineinsprangen und brachten sie auf das große Schiff.

Das Schiff hatte jetzt eine Flaggengala angelegt, und zwar alle Flaggen, einschließlich der Pest und Choleraflagge. Als sie auf das Schiff traten, wurden sie feierlich empfangen. Ein würdiger Greis trat auf sie zu und sagte nur »Majestät läßt bitten!« Er ging voran und sie folgten ihm.

Sie wurden in einen pompösen Saal geführt, aus allen Stilarten ein Mischmasch. Am Ende des Saales saß der König. »Willkommen!« sagte er. »Willkommen in meinem Reiche! Wir haben euch beobachtet schon seit euerer Abfahrt und es hat uns besonders gefallen, daß ihr dem Landesvater einen Brief geschrieben habt – das war eine richtige Narretei, und das ist ganz in unserem Sinne! Ihr seid mir zwei prächtige Narren! Willkommen nochmals in meinem Reiche! Im Reiche der Narren!«

Es war der Narrenkönig selber, der so sprach. Zur Zeit befand er sich auf einer Rundreise, besichtigte verschiedene befreundete Regierungen und Länder besuchte, eine offizielle Staatsvisite. Und das Schiff war natürlich ein Narrenschiff.

Und das war es auch! Die Segel wurden nur gehißt, wenn es vor Anker lag oder wenn es windstill war, die Kessel wurden geheizt, bis sie fast platzten, aber die Maschine wurde nur angestellt, wenn der Kessel leer war. Der Motor lief auch nur, wenn sie kein Benzin hatten – – und rudern taten sie nur prinzipiell, wenn sie vor Anker lagen.

Auch hatte das Schiff keinen Kompaß. Es war in der Bibliothek nur ein Buch.

Der Narrenkönig war an sich ein sehr vernünftiger Mann, aber er mußte den Narren spielen, weil die Dynastie erblich war. Der Dulder auf dem Throne. Er hatte sich allmählich eine Philosophie zurechtgelegt, zuerst haßte er die Narren, aber jetzt liebte er sie. Das ging aber nicht von heut auf morgen.

Wir können es uns schenken alle weiteren Narreteien hier zu berichten. Schaut doch nur aufmerksam zum Fenster hinaus oder euch in den Spiegel, dann wüßt ihr was da los war.

Der König liebte die Narren.

Und der König freute sich über die vielen Narrheiten.

Zwei Tage lang fuhren sie nun mit dem Narrenschiff und der Kavalier war in seinem Element. Er war beliebt, während Christian etwas scheu daneben stand

Ständig begegneten ihnen neue Gäste. So trafen sie Rekordschwimmer, Bauch, Brust, Seite, Flieger ohne Motor, Wasserflugzeuge mit ganzen Narrenfamilien, Badewannen, und was es alles gibt. Viele der Narren wurden nach dem Empfang vom König wieder gnädig entlassen, die bleiben wollten, konnten aber bleiben.

Der Kavalier wollte bleiben. Es gefiel ihm. Aber Christian war etwas scheu, und er dachte, daß er eigentlich ein Kellner ist und ging zu dem Steuermann, der steuerte und fragte ihn, wohin er fahre, nach dem Kompaß. »Das ist gleich,« sagte der Steuermann, »wir treffen überall Leute, die wir besuchen können.« Und Christian erfuhr, daß das Schiff auch keinen Kompaß hat, dafür hat es aber auch eine Bibliothek über die historische Bedeutung des Kompasses, sagte der Steuermann und zeigte ihm das Buch. Und er las daraus vor, während er steuerte –

Am nächsten Tage liefen sie eine Stadt an, da stand das ganze Volk im Hafen, Kanonenschüsse wurden gewechselt und die Soldaten rückten aus und die Generäle, der kommandierende General hatte einen Orden vom Narrenkönig bekommen. Fein war das! Der Narrenkönig kam in Uniform und die sah aus, wie die anderen Uniformen auch. Und der General hielt eine kriegerische Rede und sagte, er und sein Land und der Narrenkönig seien auf ewig verbunden und in unzertrennlicher Freundschaft. Und dann zogen die Veteranen vorbei, und dann hielt der Zweite Vorsitzende eine Rede, denn das war der größere Narr. Und abends gingen alle Narren in eine Festvorstellung.

Aber noch in derselben Nacht zog der König wieder fort – fort in ein anderes Land. Und wieder wiederholte sich alles, undsoweiter, es war eine reine Huldigungsfahrt. Nur diesmal war es ein Präsident der Republik, der ließ sich »Hoheit« anreden, weil er Monarchist war.

Und in einer anderen Stadt hatte er wichtige Konferenzen, über Handelsbeziehungen und Wirtschaft. Alles hörte auf sein Wort, er sprach sachlich und hatte eine enorme Fachkenntnis.

Universitätsbesuch.

Dombesuch. Predigt.

Autarkie Inseln. Die sperrten sich alle ab, die einen hatten nur Butter, auch am Kopf, die anderen die Öfen, die dritten die Kohlen. Und den Narrenkönig freute das alles sehr. Und weiter gings in neue Reiche.

VI.

Der Kavalier hatte sich schon ganz eingewöhnt. Er war in der Sammelzentrale des Königs beschäftigt – Er sammelte Briefmarken, züchtete Goldfische und wollte Kinderspielzeuge erfinden, das war seine höchste Sehnsucht.

Und so kamen sie eines Tages auch auf eine Insel und das war eine wunderschöne Insel. Hier schien die Sonne. Hier wurde in gesunder Luft nur Sport getrieben. Es war ein toller Betrieb. Leichtathletik, Fußball, Faustball, Boxen, Ringen, Radrennen – und einmal im Jahre stieg die Stafette, immerwährend ging eine Stafette durch das ganze Reich. Einer gab dem anderen den Stab, jeder lief, und das Ziel war dort, wo der Start war. Aber keiner durfte aussetzen und alle waren glücklich und friedlich. -

Der König wurde mit großem Feiern empfangen, und die, die gerade nicht Stafette liefen, veranstalteten ein großes Schauturnen. Und wie Schlamperl das sah, und wie das alles in Weiß war und vor Gesundheit strotzte, und Kollektiv, da hatte er plötzlich das Schiff dick – er wollte an Land bleiben! Wollte sich einreihen, fort von den Narren, man muß irgendwo hingehören – wie schön war hier alles, und wie nett die Mädchen! Besonders beim Turnen und bei ihren Tänzen.

Der König stiftete einen Pokal und den bekam derjenige, der so lange lief, bis er ohnmächtig zusammenbrach. Wenn dann der nächste ohnmächtig zusammenbrach, bekam ihn der. Es war ein Wanderpokal. Bei den großen Feierlichkeiten schlich Schlamperl mal fort und traf etwas abseits ein Mädchen, das still und ernst für sich trainierte. Sie verrenkte sich ganz und das war lieblich anzuschauen.

Plötzlich bemerkte ihn das Mädchen und lächelte freundlich. »Schau«, sagte sie, »was ich kann. Das hab ich heut gelernt – und der Tag ist mir wieder ausgefüllt. Man muß innerlich wachsen, an seinem inneren Menschen arbeiten. Endlich kann Ich mich jetzt so nach hinten beugen, daß ich dich mit dem Kopf zwischen meinen Beinen anschauen kann, sehen kann.« Und sie tat es. »Also das ist wunderbar«, sagte Schlamperl.

»Oh das ist noch lange nichts«, sagte das Mädchen und war ehrgeizig. »Da gibt es noch ganz andere Sachen«. Und machte ihm noch Sachen vor und Schlamperl wurde immer trauriger. »Und ich kann garnichts«, sagte er, dachte er, »ich bin ein Narr, der zu nichts nutze ist, ausgeschaltet undsoweiter – was bleibt mir noch zu tun übrig«.

»Was kannst denn du?« fragte ihn das Mädchen, »Boxen? Ringen? Stabhoch?« »Ich kann nichts, höchstens schwimmen«, meinte Schlamperl, »ich bin ein Nichts, ich bin da mit dem König gekommen, wie gerne möchte ich das können, was du kannst, ich bin sehr traurig«.

»Dann fang halt an!«

»Nein, ich bin glaub ich schon zu alt dazu«, sagte er, und das sagen alle jungen Leute, die plötzlich merken, daß sie Zeit verloren haben.

»Komm«, sagte das Mädchen, »wir werden sehen, ob du zu alt bist, spring mal über mich, ich knie mich hin«, und er sprang über sie.

»Gut«, sagte sie, »das ist die leichteste Übung« und dann drückte sie ihm das Genick zurück, »will mal sehen, ob du gelenkig bist« und das tat ihm weh, aber er gab keinen Ton von sich, biß sich auf die Lippen, denn er wollte sich nicht blamieren und ihre Hand, wie sie ihn so anfaßte, tat ihm wohl. »Oh du bist aber sehr talentiert«, sagte sie, »wenn du noch keine Übung gemacht hast, na das werden wir schon kriegen«. »Wirklich?« fragte er und sah ihr tief in die Augen. »Ja« sagte sie und gab ihm einen Kuß. »Du gefällst mir«, sagte sie, und das war die Liebe auf den ersten Blick.

Am Abend, bevor der König das Schiff betrat, trat Schlamperl vor ihn hin und sagte »König! Ich habe mich genau geprüft, ich bin kein Narr!«

»Wie das?« fragte der König. »Bist du nicht in einem Segelboot über das Meer, hast du nicht deinem Landesvater geschrieben?« »Ich bin mit dem Boot, weil ich kein Kellner werden wollte, das war eher Verzweiflung als Narrheit – und dem Landesvater hab ich geschrieben, aus Ironie, aber dafür hat man kein Verständnis.«

»Richtig! Ich auch nicht! Ich hasse die Ironie! Ich halte dich nicht! Keinen Menschen! Geh nur zu! Und denke aber freundlich an mich zurück und das alles hier, schimpf nicht darauf! Du wirst dich vielleicht mal zurücksehnen, aber ob ich dann gerade in der Nähe bin? Und die anderen werden dich vielleicht nicht verstehen – einerlei, geh zu, Habe die Ehre, Servus, Mein Kompliment, Guten Tag, Guten Abend, Grüß Gott, Lebe wohl, Küßdiehand, Gehorsamster Diener!«

Das war die große Narren-Begrüßung und das pflegte der König nur beim Abschied zu sagen.

Und Schlamperl sah dem Schiff nach, aber nur kurze Zeit, dann zog er sich um, und bekam die erste Anweisung im Stafettenlauf. Jetzt hätt ich aber fast vergessen, kurz nur folgendes zu berichten: natürlich drehte es sich bei diesen Sporttreibenden nur um eine Oberschicht, die Unterschicht, das waren Sklaven – nicht nur aktive, sondern auch passive Mitglieder, und das waren diejenigen, die Geld hatten. Das waren die fördernden Mitglieder, denen die Arena, die Stäbe, die Zielbänder und Stoppuhren gehörten. Diese Mitglieder betätigten sich nicht am Sport. Aber sie waren doch die Ersten.

Es dauerte nicht lange, da war Schlamperl der gute Stafettenläufer, zuverlässig und trainiert – und es dauerte nicht lange, da verlobte er sich mit dem Mädel. Sie hieß Lottchen und war die Tochter eines Funktionärs, der sich mal etwas zugezogen hat beim Sport, ein Beinbruch, jetzt hatte er eine Prothese. Er war sehr streng und sagte immer: »Ich hab mir eine Prothese zugezogen, mein Bein geopfert, nehmt euch ein Beispiel an mir.«

Er hatte nichts gegen die Verlobung, nur wünschte er, daß Schlamperl höher als 3 Meter 60 stabhochspringt. Er brachte es nur 3 Meter 40. Zu seiner Tochter sagte er: »Bedenke, du kannst doch keinen Mann nehmen, der so niedrig springt! Dein Großvater sprang vier Meter, ich selbst fünf und dein Urgroßvater 18 Meter – und der Begründer unseres Geschlechtes 19 Meter.« Der Begründer war nämlich ein Aff und der konnte es sich leisten.

Lottchen sah dies auch ein. »Obwohl ich dich sehr liebe«, sagte sie zu Schlamperl, »du ich kann dich nicht heiraten, wenn du nicht so hoch springst, wir stammen von einem ab, der sprang 18 Meter aus dem Stand.« »Das wird halt ein Bock gewesen sein«, sagte Schlamperl und war verärgert. »Wie lang soll ich denn noch warten?« »Ich kann mich dir nicht geben, ohne vier Meter«, sagte sie.

Schlamperl fing sich nun an zu langweilen über die ganze Moral. Man kann es auch niemand zumuten, so Stafette zu laufen, ohne Erotik. Das ist klar und muß nicht weiter begründet werden. Es ist ferner klar, daß sich Schlamperl abschüssige Gedanken bekam. Er verwünschte den ganzen Stafettensport, aber er konnte nicht raus –

das ganze hätte aufgehört, wenn einer rausspringt, und er hatte Verantwortungsgefühl, das wurde ihm ja zur Genüge eingebläut.

Am nächsten Tage träumte er nun etwas ganz Wildes. Und dann stand er Tags darauf im Walde, und wartete auf den Stafettenstab. Es war ein Frühlingstag, alle Käfer und Vögel liebten, es ging drunter und drüber, Summen und Brummen endlich kam die Ablösung, vorschriftsmäßig übernahm er den Stab, aber seine Gedanken waren schon angefault und angestachelt, er achtete nicht mehr auf den Weg und plötzlich hatte er sich verirrt – er bemerkte es aber erst, als er statt seinen Vordermann, dem er den Stafettenstab übergeben sollte, plötzlich eine wildfremde Frau traf, und die sagte zu ihm: »Gib mir deinen Stab!« Aber er lief weiter und suchte seinen Vordermann, aber wieder traf er eine Frau, und die war brünett, und die sagte: »Gib mir deinen Stab!« Und er lief weiter und da stand eine Dritte, und die war brünett, und die sagte auch: »Gib mir deinen Stab!« Und da konnte er nicht mehr weiter laufen, und er hatte kaum mehr Luft, und da sah er, daß diese Dritte dem Lottchen riesig ähnlich sah, als wäre sie ihr Spiegelbild. Was nämlich bei Lottchen links war, war hier rechts, und umgekehrt. Aber das schadet nichts.

Und die schaute ihn an und sagte: »Schau mich doch nicht so an«, und dann sagte sie: »Nein, was tust du denn mit mir«, und dabei umarmte sie ihn. Und dann ergriff sie ihn selbst und seufzte »Tu die Hand weg bitte«. Und dann küßte sie ihn so und sagte »Du sollst mich nicht so küssen«. Und dann sagte sie »Nein, was hast du jetzt mit mir gemacht« – und da war es halt geschehen und alles übrige entwickelte sich automatisch.

Kaum sah er sich um, war sie fort – fort mit seinem Stab. Und er wollte den Stab zurück haben und wollte sie und hatte Sehnsucht nach ihr und suchte sie überall und fand sie nirgends. Er lief durch den Wald, es wurde Abend und die Nacht kam. Da stand er vor einem Berg, und der Berg öffnete sich, war offen und er trat ein. Aber der erste Eindruck war: finster.

Und er versuchte sich das Bild zu rekonstruieren, und da bemerkte er, daß das doch in keiner Weise das Lottchen war, sondern ein ganz anderes Gesicht, fein und zart und verlegen und voll hemmungsloser Ordinärheit. Und Zerstörung und Aufbau.

Und er fand sie nirgends und fing nun an vor lauter Verzweiflung zu saufen. Um zu vergessen, und er soff und soff, aber es war halt alles nur Betäubung.

Eines Abends saß er wieder im Wirtshaus, betrunken, aber traurig. Und er entschloß sich, vor lauter Liebe zu sterben. Er war sich nicht klar darüber, auf welche Art. Endlich sagte er sich, er werde sich erhängen. Er knüpfte einen Knoten und legte sich ihn um den Hals.

Aber da erschien ihm die Frau, nach der er sich sehnte – und sie kam auf ihn zu, und es schien ihm, als sei das die Göttin der Liebe selbst. »Ich bin der Tod«, sagte sie und wollte ihn umarmen und küssen, aber da stieß er sie von sich – und da war er draußen. Und das war eine arge Sache. Wer nämlich da heraußen ist, dem geht es schlecht. War zuerst noch Sommer, so war es jetzt Winter, war er zuerst in Gesellschaft, so jetzt war er allein. So grenzenlos allein. Und es gab keinen Weg zurück in das Land der Stafettenläufer.

Es wehte ein kalter Wind, als er den Venusberg verließ. Eis und Sturm und die Wege waren tief verschneit und die Nacht rabenschwarz, so daß man über jede Wurzel stolperte. Eine grenzenlose Leere war in ihm, und seine Seele knurrte, als wäre sie sein Magen. Etwas hatte er verloren, etwas war fort aus ihm, der Glaube an die Allmacht der Liebe. Leere in ihm, aber trotzdem ein nicht unangenehmes Gefühl, nur sonderbar zerrissen. Er fühlte es, wie seine Persönlichkeit auseinanderstrebt. Er ging nach verschiedenen Seiten, und blieb immer er, an jedem Kreuzweg teilte er sich, ging ein Schlamperl von ihm fort, meist ohne Adieu zu sagen, oft hat er sogar nur geschimpft.

Endlich leuchtete vor ihm ein Licht auf, ein Wirtshaus, und er trat ein. Es war zuerst eine schlechte ungelüftete Luft, aber es war warm und es waren Leute drinnen. Er trank mit. Betrank sich. Vergaß, und er kümmerte sich nur um die Leute, wenn sie ihn im Trinken störten. Und allmählich traten die Schlamperl wieder ein, die ihn verlassen hatten, setzten sich zu ihm hin und tranken mit – und als alle Schlamperl wieder da waren, hei war das schön! Und prächtig!

Und der Wirt war freundlich und brachte immer neuen Wein und Bier und Schnaps. Aber dann ging es an das Zahlen und das war eine faule Angelegenheit. Woher sollte er das Geld haben?

Er sah sich um: in der Ecke spielten Leute Karten. Er spielte mit, und bemerkte, daß man falsch spielen kann – wie leicht kann man das Glück korrigieren! Und er soff weiter! Aber jetzt nur mehr Wein! Schweren Burgunder und alten Frankenwein, Steinwein! Aber bald hatten seine Partner nichts mehr, wollten nicht mehr spielen, aber zur Zeche langte es nicht, und da hat er sie bestohlen. Und jetzt gabs nur Sekt! Und Bowlen aus den besten Gläsern und die Gläser zerbrach er!

Und je mehr er soff und je feineres, so verwandelte sich auch der Raum; war es zuerst eine Wirtsstube, so war es jetzt ein prächtiger Saal mit schönen Damen – und da erwachte in ihm wieder die Sehnsucht und er wurde sehr traurig und wollte sterben.

Als der Morgen graute, sah er vor sich Männer, die fällten Bäume. »Wir fällen die Bäume hier«, sagten sie, »um eine Straße zu bauen und das Holz bringen wir dann im Frühjahr in die Stadt und verkaufen es. Wir arbeiten«, sagten sie, »und wenn du willst, kannst du mitarbeiten, du siehst aber sehr schwach und herabgekommen aus.«

Er arbeitete mit. Anfangs konnte er die Axt kaum heben und wurde sehr bald müde – aber dann kamen wieder all die Schlamperls und die arbeiteten mit, begeistert, und bald schaffte er mehr wie die anderen. Alle Schlamperls waren wieder da, ja sogar fremde, die er bisher noch garnicht kannte.

Und im Frühjahr ging er hinab in die Stadt. Da verkaufte er das Holz in einer Wirtschaft. Die Wirtstochter war schön und reinlich gewaschen und duftete, aber ganz anders wie seine bisherigen. Sie kaufte ihm das Holz ab, denn sie hatte einen großen Herd und ein gutes Geschäft mit vielen Gästen, weil sie gut kochen konnte. Aber sie hatte schwarze Kleider an, denn ihr Vater war erst vor kurzem gestorben. Er hatte sich unter der Ofenbank den Winter über zu Tode gesoffen.

Als Schlamperl den sauberen Raum sah, sagte er: »Eigentlich bin ich Kellner«, und es entfuhr ihm das unwillkürlich. Er bekam plötzlich Sehnsucht, wie seinerzeit in seiner Knabenzeit. Das wäre das Glück, dachte er, das zu arbeiten, was einem Freude macht! Und sie sagte: »Das trifft sich gut, denn ich hatte einen Trauerfall in der Familie und der Tod hat eine Bresche geschlagen, und jetzt fehlt mir eine Kraft«, und er wurde Kellner, sie engagierte ihn, denn er gefiel ihr.

Und bald vertauschte er den Kellnerfrack, das heißt, bald stand er mit seinem Kellnerfrack vor dem Altar und dem Standesbeamten. Weder er, noch sie lebten nach den Gesetzen der Religion, aber es schadet nichts, vor den Herrgott hinzutreten und zu sagen: »Lieber Gott, wir beide haben uns lieb. Ich bin verliebt.« Er wurde ein braver Bürger und das Glück der Zufriedenheit strahlte zum Fenster hinein. Er beugte sich vor der Autorität, denn es ging ihm gut, und die Autorität kam jeden Tag zu ihm zu Gast. Sie nickte ihm freundlich und herablassend zu, klopfte ihm auf die Schulter und gab ihm gute Ratschläge.

Und seine Frau liebte er. Er liebte sie bürgerlich, aber richtig. Und sie gebar ihm einen Sohn, den nannte er Ludwig. Und er ließ ihn taufen, und ging mit seiner Frau auf das Grab ihrer Eltern. Die Autorität war Taufpate. Und er war in verschiedenen Vereinen maßgebend und mitbestimmend. Der alte »junge« Schlamperl war tot, die Wunden vernarbt – bei jeder Station, Kellner, Hochzeit, Geburt, Kind, Taufe, erster Vorsitzender, usw. starb etwas vom alten Schlamperl und der neue war da. Er hatte sich gehäutet. Es war eine brave Haut, etwas monoton, aber glücklich.

Aber die »jungen« Schlamperls waren noch nicht tot. Sie saßen nur in der Ecke und waren schlechter Stimmung, aber nicht hoffnungslos. Und sahen zu, wie sich die neuen Schlamperl breitmachten.

Manchmal wagte sich einer nach vorne – das war: wenn ein richtiger Saufbold kam oder ein loses Mädchen, aber husch! Schon hatte er von dem guten Schlamperl einen Stoß erhalten, so daß er in seine Ecke flog. So sehr beherrschten ihn die Guten. Es war nicht zu beschreiben.

Trotzdem gaben die bösen Schlamperls das Rennen nicht auf. Und vielleicht hätten sie doch mal wieder die Oberhand erringen können, aber da geschah etwas, was ganz außerhalb ihrer Einflußsphäre lag, und dazu muß ich jetzt erst noch eine Randbemerkung machen.

In der Stadt, in der Schlamperl servierte, saß ein König, und daher war die Stadt natürlich Haupt- und Residenzstadt. Der König war sehr für die Musen eingenommen, hatte eine herrliche Oper, zahlte aus seiner Privatschatulle drauf und war überhaupt ein gemütlicher Mensch. Alles, was er Ungemütliches hätte machen sollen, überließ er seinen Ministern, so gemütlich war er.

Diese Minister waren rechtschaffene Leute, klug und intelligent, aber leider fehlte ihnen etwas: es waren eigentlich hemmungslose Egoisten, aber sie wußten es nicht, Schurken und Verbrecher, und sie wußten es nicht, deshalb kann man ihnen schwer eine Vorwurf machen – es wäre allerdings besser gewesen, wenn sie keine Dummköpfe gewesen wären, wenn sie es gewußt hätten. Sie hätten zwar trotzdem ihre Schurkereien weiter vollführt, aber wenigstens hätten sie nicht soviel Dummheiten gemacht.

Nun konnte man schon seit einiger Zeit, seit Jahren und besonders im letzten Jahr in den Zeitungen immer wieder und wieder Nachrichten lesen, über die Wilden – das waren richtige Wilde, Menschenfresser, die wohnten jenseits der Grenze, hinter den Bergen, und es war schauerlich, was man da von den Wilden las an Greueln! Blutschande und so stand auf der Tagesordnung! Man entrüstete sich überall, im Bett, an den Stammtischen, in den Fabriken und die Bauern haben sich bekreuzigt, wenn man von den Wilden sprach.

In grauer Vorzeit sollen die Wilden mal eingebrochen sein, und alles verwüstet – aber es gab darüber nur mündliche Überlieferungen. Früher hat mal ein Professor es herausbekommen, daß damals der König das Land verwüstet hat, weil er verrückt gewesen ist, aber der ist gleich verbrannt worden auf alle Fälle: man wußte nichts Konkretes über die Wilden, es waren alles nur Sagen und Legenden.

Manchmal kam zwar Einer und der sagte: »Die Wilden sind garnicht so. Es sind anständige Menschen. Allerdings tragen sie Federn am Hintern.« Aber das war Landesverrat. Und wieder einzelne Verwegene sagten: »Die Wilden haben einen wunderbaren Schmuck! Und die Minister möchten nur den Schmuck!« aber die wurden von den Leuten mit Verachtung bestraft und erschlagen, weil jeder der Leute heimlich hoffte, so einen Schmuck bei einem Krieg mal selber zu erhalten.

Auch Schlamperl las die Sachen über die Wilden und glaubte sie. Besonders seine Frau entrüstete sich, und malte sich aus, wie das war, wenn ein Wilder sie vergewaltigen würde, und dann sagte sie: »Ich denke an unser Kind. Ich habe Angst um unser Kind.« Und er sagte: »Die Wilden kommen nicht, solang ich da bin«, gab ihr einen Kuß und bestieg sie. Und dabei kamen ihr wieder so Gedanken an die Wilden.

Und eines Tages klebten Plakate an den Wänden: »Krieg! Die Wilden wollen uns unseren Gott nehmen und das lassen wir uns nicht bieten! Krieg!« Und die Minister hielten Reden, aus jedem Fenster eine und sagten, der Krieg erhebe, und der Kriegsminister sagte: »Sagen Sie dem lieben Gott: wir werden ihn beschützen!« Und der König zeigte sich auf seinem Balkon und alles schrie »Hurrah!« und geriet in einen Taumel der Begeisterung.

Und alles wurde Soldat. Auch Schlamperl. Aber zuerst mußten sie die Sachen noch vorbereiten und die Waffen wurden geschmiedet. Die Waffenfabriken zögerten noch etwas, denn sie lieferten auch den Wilden die Waffen. Sie konnten also nicht verlieren. Gewannen die Wilden, wars recht, gewannen die Eigenen, wars auch recht, noch rechter, denn sie bekamen dann noch den Schmuck. Der Schmuck war natürlich Staatseigentum und kam allen zugute. Aus dem Schmuck wurden wieder Kanonen.

Nur der Unterrichtsminister wußte, daß es gegen die Wilden um den Schmuck ging, der Kriegsminister glaubte selber an den gefährdeten lieben Gott, so blöd war er.

Und die Offiziere freuten sich, und die Unteroffiziere auch. Sie wurden alle befördert. Und die leeren Stellen durch besonders taugliche Leute, die übrigen mußten exerzieren. Jeder tat das aber gerne, nur einzelne nicht, aber das waren eben faule Querköpfe, und die wurden eingesperrt. Und die anderen sahen voll Entrüstung auf sie, aber nur anfangs, dann bemitleideten sie sie und dann sagten sie, die haben eigentlich recht. Aber sie dachten es nur, und trauten es sich noch nicht zu sagen. Sie dachten es sich als sie in die Berge zogen. Eines Abends stand Schlamperl als Soldat Posten vor dem Hause des Königs. Und da hörte er auf dem Balkon, hinter dem ein

Kronrat tagte, wie der Kriegsminister herauskam und zum Waffen-
fabrikanten sagte: »Sie liefern ja auch den Wilden Waffen, Sie Schuft
gemeiner, und wenn Sie mich bei dem Geschäft nicht mitnehmen,
dann sag ichs dem König, der ist ein Tepp und glaubt eh alles!«

Zuerst dachte Schlamperl, er hätte sich verhört, aber dann sagte
es der Unterrichtsminister noch einmal, und nun wußte er es. Und
es tauchten Jugenderinnerungen auf, sein Vater, den er nicht erin-
nerte und er sagte, das ist ja furchtbar. Und verließ seinen Posten
und ging nachhaus.

Seine Frau lag schon im Bette und schlief. Sie wachte auf und sah
ihn überrascht an: »Wo kommst du her?« »Ich tu nicht mit, grad hab
ichs gehört, und die Wilden essen Menschen, aber was geht das uns
an«.

»Und der Schmuck, den du mir mitbringen wolltest?«

»Wir können auch ohne dem leben.«

»Und unseren Gott wollen sie uns nehmen!«

»Du irrst.«

»Ich irre nicht. Und denk an unser Kind!«

Schlamperl trat ans Bett und betrachtete sein Kind. Das lag da
und schlief. Er streichelte es und dann sagte er wieder »Ich bleibe.
Ich geh nicht mit.«

Aber da kamen Soldaten, man hatte es bemerkt, daß er nicht Posten stand, bei der Ablösung – und verhafteten ihn. Sie sperrten ihn
ein, zuerst schlugen sie ihn, dann stellten sie ihn vors Kriegsgericht.
Und verurteilten ihn zum Tode. Und seine Frau ließ sich scheiden,
denn sie wollte mit einem Feigling nichts zu tun haben. Und das
Kind wurde ihr zugesprochen. Aber der König wollte das Todesur-
teil nicht unterschreiben, denn er war ein belletristischer Mensch,
und verwandelte die Todesstrafe in lebenslängliches Zuchthaus,
dunkel und Brot und Wasser.

Und die Frau heiratete einen Unteroffizier und der adoptierte
Schlamperls Kind. Aber das Kind starb an Unterernährung. Und
der Unteroffizier dachte, es ist besser, daß es hin ist, was kann von
so einem Schlamperl schon werden? Und er machte der Frau ein
neues Kind.

Und während er im Dunkeln saß, schien draußen die Sonne. Sie schien auf Schlachtfelder, und auf den Sieg der Wilden und da gab es Revolution. Die Minister verjagt und den König, aber man erschoß nur einzelne kleine Beamte. Der Kriegsminister floh mit General und Pack.

Kurz, es war Revolution – aber eigentlich sah das nur so aus, eigentlich war das ja nur ein Zusammenbruch der herrschenden Gewalten, denn die Wilden hatten gewonnen. Sie hatten viele gefangengenommen, und aufgefressen.

Sieben Jahre hat der Krieg gedauert. Und im ersten Jahre war die Begeisterung noch riesengroß.

Im zweiten schon weniger. Und da waren schon viele da, die hatten keine Beine. Und es waren auch viele da, die haben den Wilden die Beine abgeschnitten.

Und im dritten Jahr, da sagten alle Herrschenden und Wohlgesinnten: es ist ein heiliger Krieg.

Und im vierten Jahre haben sie gesiegt, und im fünften Jahre stellte es sich heraus, daß sie nicht gesiegt haben. Im sechsten nichts zum Fressen und im siebenten, da war es aus. Da gab es Generäle, die wollten akkurat am Namenstage der Königin eine Festung erobern, aber die Wilden dachten anders, und es ging kaputt. Ordensjäger. Paralytiker als Generäle. Und die es ernst meinten, die sind gefallen, unter den Militärs, und nun blieb das Pack zurück. Ein feiges Pack, das davonlief.

Und unter den Soldaten, da war einer, man kannte seinen Namen nicht, der sagte plötzlich gegen den Krieg, er wurde Kriegsminister und sagte: »Ich möchte keine Soldaten mehr sehen!« Ewiger Friede!

Und da war einer, der sagte: ja. Aber zuerst müssen die Minister daran glauben und alle, die den Krieg machten.

Nun hat aber der Krieg lange gedauert, und der Munitionsfabrikant war schon im dritten Jahr gestorben, und sein Sohn sagte: Meine Herren! Ich kann nichts dafür.

Und sie appellierten an die Menschlichkeit. Aber anfangs nützte das nicht viel. Und einer sagte: Wenn wir die leben lassen, haben wir bald wieder einen Krieg.

Nun war Schlamperl sieben Jahre gesessen und wurde von der Revolution befreit. In den sieben Jahren war es dunkel und es wurde ihm vieles klar. So zum Beispiel, daß man sich rächen muß, helfen muß, daß man sich um alle kümmern muß.

Und dann aber: Ihr habt mich sieben Jahre sitzen lassen, wo wart ihr? Und sie konnten ihm nichts darauf erwidern.

Und jetzt zog Schlamperl an der Spitze der Revolutionäre in das Schloß – und da wurden die Minister und der König so klein, daß sie sie zuerst garnicht fanden. Endlich stieß einer einen Stuhl um und rief: »Da sind sie ja alle! Da stecken sie ja! Soll ich euch zertreten?« Aber die winselten nur erbärmlich, fielen in die Knie und schworen bei Stein und Bein, daß sie von nun ab selbst Revolutionäre sein wollten! »Seht wie klein wir sind, was können wir euch denn schon gefährlich werden? Ein Tritt von euch und wir sind hin!«

Aber Schlamperl sagte: »Schlagt sie tot!« Aber die Anderen sagten, sie seien wirklich zu klein, und das besonders neben ihnen, und es wäre unter ihrer Würde – und sagten Schlamperl das, aber der sagte: »Das ist mir gleich! Weg müssen sie!«

Aber sie hielten Schlamperl zurück und da trat ein kleiner Mann hervor und sagte: »Wenn ihr sie nicht zertretet, dann werden sie wieder groß!« Aber er wurde ausgelacht, und als er sagte, sie seien Idioten, wurde er verprügelt. Er war nicht viel größer wie der Unterrichtsminister und der ganze Hofstaat, aber sie verprügelten ihn doch. Und als sie genauer hinsahen, war er tot.

Aber Schlamperl sagte: Ich bin sieben Jahre gesessen – und sie brauchten ihn, denn er war beliebt und berühmt. Und sie sagten ihm, sei unser Minister. Und als Schlamperl sich unschlüssig umsah, wußte er nicht, was er darauf erwidern sollte, und da sah er, daß ihm der Kriegsminister zublinzelt. Er wollte schon fragen, was er wolle, aber der Kriegsminister legte den Finger auf die Lippen, es sei ein großes Geheimnis. Und da packte ihn Schlamperl und steckte ihn rasch in seine Tasche, damit ihn die anderen nicht sehen, daß er mit dem Kriegsminister redet.

Die Reise ins Paradies: Erster Entwurf

1.

Wien, 7. August 1935

Lieber Bruder, wie geht es Dir? Mir geht es gut, das heißt, eigentlich geht es mir nicht gut, sondern schlecht: ich habe kein Geld und es fällt mir nichts ein. Beides ist für einen Menschen, der davon lebt, daß er Novellen verfaßt, sehr ungünstig, denn unter solchen Umständen hat er keine Gelegenheit, sich welche auszuklügeln. Wenn der Magen knurrt wird die Geduld, diese Mutter der Phantasie, ungeduldig. Alles andere ist Schwindel. Laß mal was von Dir hören und sei gegrüßt

von Deinem Bruder

2.

Antwerpen, 9. Dezember 35

Lieber Bruder, Dank für Deinen ausführlichen Brief, den ich leider erst vorgestern, vier Monate später erhielt, denn ich bin inzwischen zirka zwanzigmal umgezogen, weil alle Hausfrauen Bestien sind. Sie haben sich alle darüber beschwert, daß ich die Miete schuldig geblieben bin und daß ich manchmal mitten in der Nacht so gesungen hab, obwohl ich Kunstmaler bin. Ich hab ja leider auch keine Stimme, sondern nur einen Farbensinn und ein Formgefühl. Aber von diesen beiden letzteren kann man heutzutage nicht leben.

Herzlichst
Dein Bruder

NB: Beiliegend überreich ich Dir einige ...

3.

Wien, 15. Dezember 35

Lieber Bruder, ich freue mich, daß Dich mein Brief doch noch erreicht hat und es tut mir leid, daß es Dir auch schlecht geht. Mir geht es inzwischen noch schlechter. Es sind mir zwar einige Novellen eingefallen, aber trotzdem war es nichts Neues. Man sollt alle

Einfälle der Welt kennen, nicht, um von ihnen zu lernen, sondern um sich danach einzurichten. In diesem Zusammenhang möcht ich an Dich die Frage richten, ob Du nicht bereit wärst, mit mir zusammen etwas zu arbeiten. Ich hätte eine Idee für ein Buch, das Du illustrieren könntest. Die Idee war folgende: ein kühner Erfinder konstruiert ein Automobil, das die Möglichkeit hat, in der Zeit zurückzufahren, durch Ausnutzung verschiedener Strahlen, etc. Das Auto kann also zurückfahren, zur Gotik, bis zum Paradies. Mir gefällt diese Idee sehr. Eigentlich ist sie nicht von mir, sondern von dem armen Sobottka.

Dein Bruder

4.

Antwerpen, den 20. Dezember 35

Lieber Bruder, die Idee gefällt mir sehr gut. Wer ist Sobottka?

Dein Bruder

5.

Wien, den 24. Dezember 35

Lieber Bruder, ebenfalls alles Frohe zum Fest! Sobottka, der Arme, ist ein Beschränkter, dessen Steckenpferd es ist, immer in andere Zeiten zu fahren. Ich glaube, wir sollten ihm die Dankbarkeit erweisen, und den Mann unseres Buches Sobottka nennen. Oder: wie denkst Du?

Dein Bruder

6.

Luci an mich. Schanghai.

7.

Ich an Luci.

»Ich hab schon gedacht, daß Du nicht willst! Ich freue mich, nun würd ich mich dranmachen! Aber so von der Entfernung geht das nicht!«

8.

Luci an mich.

»Natürlich geht es von der Entfernung! Es macht ja nichts aus, wenn es lange dauert. Wir haben Zeit.«

9.

Ich an Luci.

10.

Luci an mich.

»Ich bin in die Hände von Piraten gefallen – es war sehr unangenehm.«

Die Reise ins Paradies: Variante

Wien, 7. August 35

Lieber Bruder, wo steckst Du? Ich hab ja schon ewig lang nichts mehr von Dir gehört, aber ich habe kein Recht, Dir Vorwürfe zu machen, denn ich bin auch schreibfaul. Ich hab immer Angst, daß ich nichts mitzuteilen habe. Alles, was mir passiert, wird im Moment, da es hinter mir liegt, nicht mehr mitteilungswert. Mein Leben läuft einförmig dahin, ich hab kein Geld und ich schreibe, was sich trifft. Ich möchte gern einen Film schreiben, aber da reden soviel mit und die Leut verstehen meinen Stil nicht. Worüber ich lache, da werden sie ernst, was ich für blöd find, finden sie geistvoll, was ich tragisch, finden sie sinnlos. Ich weiß nicht woher das kommt, wahrscheinlich von mir. Also, ich schreib nichts für den Film. Auch für das Theater kaum mehr. Mein letztes Stück war ein Durchfall, ich habe viele Szenen gestrichen, aber wenn die drin geblieben wären, wärs ein Erfolg gewesen. Ich glaube aber überhaupt, daß das Theater keine Zukunft hat, es fehlt die Jugend, und es macht sich jeder sein eigenes Theater, da jeder eine Rolle spielt. Für das Schicksal anderer ist wenig Interesse vorhanden, nur für die Situationen anderer, in die sie geraten können. Aber das wird Dich langweilen und mich langweilts auch. Wenn ich nur Geld hätte? Dann wär ja alles in Ordnung, ich weiß zwar, daß Geld allein nicht glücklich macht, aber »alles« ist auch ein relativer Begriff. – Nun hab ich mich entschlossen, ein Buch zu schreiben, und zwar mit Dir. Du bist doch Maler und Du könntest es gleich illustrieren, aber es dürfte kein illustrierter Roman werden, sondern es müßte mehr ein Bilderbuch sein. Schreib mir doch, bitte, ob Du Lust hättest, mit mir sowas zu machen. Ich schicke den Brief noch an Deine alte Adresse, ich bin zwar überzeugt, daß Du verzogen bist, aber hoffentlich tut die Post Ihre Pflicht und sendet es Dir nach.

Dein Bruder.

Antwerpen, 9. Dezember 35

Lieber Bruder, die Post tat ihre Pflicht, ich erhielt Dein ausführliches Schreiben, wenn auch ein halbes Jahr später, denn ich bin inzwischen zwanzigmal umgezogen, weil alle Hausfrauen Bestien sind! Keine hat es mir erlaubt, daß ich in der Nacht musizier, und sing! Meine Freunde titulierte sie »Bürscherl« und meine Freundinnen – belegte sie mit niederen Worten.

Deinen Brief versteh ich nicht ganz, Du weißt, daß ich nicht sehr gerne denke, selbst ja, aber nicht mit anderen zusammen. Ich hab bloß verstanden, daß Dein letztes Stück kein Erfolg war, was mir leid tut, und daß Du mit mir zusammen einen Roman schreiben willst den ich illustrieren soll, was mich freut. Aber ich finde es einen Mist. Einen illustrierten Roman ist nichts, man phantasiert für den Leser, und da wird der Leser meistens bös. Denn was ihm schon einmal vorphantasiert worden ist, das möcht er allein nachphantasieren und da hat er recht.

Aber schreib mir doch mal, was Du für eine Idee hast, wenn wir jetzt auch weit getrennt sind, vielleicht können wir was zusammen machen. Ich fahr morgen nach China, als Matros. Was soll ich hier noch als Zeichner? Ich hab zuviel Schulden. Schreib mir Schanghai postlagernd. Vielleicht könnens wir auf die Entfernung hin machen.

Hier gefällts mir nicht mehr.

Dein Bruder.

Damit Du eine Ahnung hast, zeichne ich Dir hier eine Galerie der Hausfrauen, unter denen ich litt. Die mit dem Stern (*) Bezeichnete hat meinen Grammophon zurückbehalten.

La furie == die Furie.

Am 18. April

Lieber Bruder, also hat Dich mein Brief, doch erreicht, ich dachte wirklich nicht mehr daran! Der Deine hat sich auch verspätet, da ich inzwischen auch umgezogen bin, zu Freunden, denn ich hab gar kein Geld. Schreib bald wieder und glückliche Weihnachten!

Meine Idee wäre die Geschichte eines Mannes, eine Reisegeschichte, der in der Zeit zurückfährt. Ich hab mal einen geistig Beschränkten gekannt, der arme Sobottka, der hat immer gesagt, er möcht in andere Zeiten fahren. Eigentlich ist es also nicht meine Idee. Aber vielleicht interessiert sie Dich, und die anderen. Denn man kann aus allem heraus, nur nicht aus seiner Zeit.

Dein Bruder!

*

Lieber Bruder, daß Du nach Schanghai fährst, erstaunt mich sehr. Aber vielleicht hast Du recht und man soll die Welt kennenlernen. Daß Du trotzdem mitarbeiten willst, freut mich sehr. Wir haben beide Zeit zu verlieren – also es macht nichts, wenn wir lange brauchen.

Dein Bruder

*

Lieber Bruder,

(ein Bild von Schanghai)

*

Lieber Bruder,

(das erste Kapitel)

*

Lieber Bruder, ich beeile mich zu antworten, es dauert so lange, weil ich in die Hände von Piraten gefallen bin.

Da war ein Führer, der sah so aus:

und die Unterführer:

und ich: (gefesselt)

Fast wärs so gekommen: (aufgelöst)

Aber dann kam das Lösegeld:

Die Reise ins Paradies: Endfassung

I.

Es dreht sich die Erde um die Sonne und der Mond dreht sich um uns. Oh wie schön ist der Mond, die Sonne, die Erde! Wie hell ist der Tag, wie finster die Nacht, wie trocken der Staub, wie naß der Regen, wie hitzig der Sommer, wie eisig der Winter, wie weiß der Schnee und wie grün das Gras! Oh wie oft haben wir uns wegen all dieser Probleme gezankt, gestritten, gerauft, geprügelt und wieder versöhnt, mein Bruder und ich!

Mein   Bruder
der   zeichnet
und ich, der ich schreibe.

Warum zeichnet Oberer und warum schreib ich Unterer? Weil es uns freut! Jawohl, wir freuen uns über das Eis und die Hitze, das Laster, die Tugend, das Unkraut und das Kraut, das Gute und das Böse – kurz und gut und böse: ärgert Euch nicht über uns! Denn wir können doch nichts dafür, daß unser kurzes Leben uns mal gegeben worden ist, um dereinst genommen zu werden.

Ärgert Euch nicht, liebe Leut!

Seht, wir widmen ja Euch dieses Buch, Euch allen jenen, die wohl lesen, aber nicht zeichnen können! Und auch denen unter Euch, die nicht lesen können. Die sollen es sich nämlich vorlesen lassen, von jenen, die zeichnen können. In diesem Sinne!

Euer Ödön von Horváth.

Ein Briefwechsel

Am 7. März 1935

Lieber Bruder,

wo steckst Du? Hoffentlich erreicht Dich dieser Brief, denn ich hätte einen wichtigen Vorschlag: Du wirst Dich doch erinnern, daß unser lieber Onkel Ferdinand am 2. Oktober Geburtstag hat. Er wird hundert Jahre alt und da hab ich mir gedacht, daß wir ihm etwas schenken sollten, weil er doch unser Wohltäter ist. Da wir jedoch kein Geld haben, um ihm etwas zu kaufen, bin ich dafür, daß wir zwei ihm ein Buch schreiben, ich die Worte und Du die Bilder. Er wird sicher eine Riesenfreud daran haben. Antworte bald

Deinem Bruder.

*

Am 11. August 1935

Lieber Bruder,

ich antworte bald, denn ich tu sehr gerne mit, aber hast Du schon eine Idee für das Buch? Antworte bald

Deinem Bruder.

*

Am 12. August 1935

Lieber Bruder,

natürlich hätt ich schon eine Idee, und zwar: der liebe Onkel Ferdinand sagt doch immer, daß er in einer anderen Zeit leben möcht. Schreiben wir ihm also ein Buch, in dem er ein Auto hat, mit dem er nicht nur in beliebige Länder, sondern auch in beliebige Zeiten fahren kann. Seit wir ihn kennen, seufzt er doch in einer Tour: »Früher war es besser!« Lassen wir ihn also zurückfahren, wohin er nur möcht, ins Mittelalter, zur Maria Theresia und zu seinem geliebten Napoleon, zum Schubert Franzl oder zum Trojanischen Pferd! Er wird sicher eine Riesenfreud daran haben! Antworte bald

Deinem Bruder.

*

Am 13. August 1935

Lieber Bruder,

diese Idee mit der Reise retour ist mein Fall! Du weißt, ich bin schreibfaul, drum leg ich Dir lieber gleich ein Aquarell bei: »Onkel Ferdinand vor seinem Zeitwagen«.

Sieht aus, wie ein normales Auto, nur hat es drinnen eine Vorrichtung, mit der man in der Zeit zurückfahren kann, aber diese

Vorrichtung kann man auf dem Bilde nicht sehen, denn das wäre mir zu kompliziert zum zeichnen. Auf Wiedersehen!

Dein Bruder.

NB: Ich bin dafür, daß er zuerst eine Probefahrt macht, aber nicht zu weit.

*

Probefahrt in die Kinderzeit

»Wieviel Liter?« fragte der Tankwart. »Dreihundertzwanzig«, sagte der Onkel kurz. Der Tankwart starrte ihn entsetzt an: »Wieviel?!« »Oder«, meinte der Onkel und setzte sich die Brille auf, »gebens mir dreihundertfünfundzwanzig. Und zweiundsechzig Liter Öl.« »Großer Gott!« schrie der Tankwart, »sind Sie verrückt geworden, Herr Ferdinand?!« »Wieso?« erkundigte sich der Onkel herablassend. »Ja, wo wollens denn hinfahren?! Um die Welt oder gar auf den Mond?!« »Noch weiter!« sagte der Onkel und lächelte mysteriös. »Aber davon verstehen Sie nichts. Also gebens schon her das Benzin, das Öl. Und gebens mir auch noch sieben Hektoliter Wasser!« Der Tankwart zuckte ängstlich zusammen und bediente ihn benommen. Es dauerte dreieinhalb Stunden und der Onkel gab ihm zehn Groschen Trinkgeld.

Dann gings dahin.

Er wollte nicht weit, gewissermaßen nur um die Ecke der Zeit, in die Tage der Kindheit, denn dort schien es ihm schön gewesen. Ja, der Garten der Kindheit hängt voller goldener Äpfel, aber das Gold ist nichts wert, denn man kann sie essen. Und die Bäume sind höher, die Plätze weiter, die Straßen länger, die Blumen größer, der Schnee weicher – und das alles wird noch viel schöner in der Erinnerung. Der Schnee fällt sanfter und die Pferde können sprechen, die Hunde denken und die Blumenbeete werden zerstört. Die Lehrer werden harmlos, die bösen Parkaufseher personifizierte Engel, alle Gefahren verschwinden, lösen sich auf in wehmutvoller Erinnerung.

Es war ein grauer Herbstmorgen, naß und voll Nebel, als der Onkel zu seiner ersten Probefahrt startete. Und als er nun Gas gab, da schien der Nebel noch dichter zu werden, er sah garnichts mehr, nur eine dicke gelbe Wand vor sich, wie Lehm. Das Auto schien sich in die Luft zu erheben, als rollte die Erde unter ihm hinweg, so ein Gefühl hatte er. Er fuhr wie durch Watte. Der Zeitgeschwindigkeitszähler stand auf siebzig Lichtkilometer, auf dem Schaltbrett flammte es auf, grün und gelb, blau – dann rot. Da hielt das Auto mit einem Ruck, die Sonne brach durch, als wärs aus den Wolken gefallen. Und es stand am selben Fleck. Nur sah der Fleck anders aus. Es war der Platz, als er wegfuhr so:

und nun so:

Er stieg aus dem Auto und langsam erkannte er wieder alles, auch Dinge, die er bereits vergessen hatte, wie zum Beispiel, daß dort, wo jetzt die Bank steht, früher nichts war.

Über tredition

Eigenes Buch veröffentlichen

tredition wurde 2006 in Hamburg gegründet und hat seither mehrere tausend Buchtitel veröffentlicht. Autoren veröffentlichen in wenigen leichten Schritten gedruckte Bücher, e-Books und audio-Books. tredition hat das Ziel, die beste und fairste Veröffentlichungsmöglichkeit für Autoren zu bieten.

tredition wurde mit der Erkenntnis gegründet, dass nur etwa jedes 200. bei Verlagen eingereichte Manuskript veröffentlicht wird. Dabei hat jedes Buch seinen Markt, also seine Leser. tredition sorgt dafür, dass für jedes Buch die Leserschaft auch erreicht wird.

Im einzigartigen Literatur-Netzwerk von tredition bieten zahlreiche Literatur-Partner (das sind Lektoren, Übersetzer, Hörbuchsprecher und Illustratoren) ihre Dienstleistung an, um Manuskripte zu verbessern oder die Vielfalt zu erhöhen. Autoren vereinbaren direkt mit den Literatur-Partnern die Konditionen ihrer Zusammenarbeit und partizipieren gemeinsam am Erfolg des Buches.

Das gesamte Verlagsprogramm von tredition ist bei allen stationaren Buchhandlungen und Online-Buchhändlern wie z. B. Amazon erhältlich. e-Books stehen bei den führenden Online-Portalen (z. B. iBookstore von Apple oder Kindle von Amazon) zum Verkauf.

Einfach leicht ein Buch veröffentlichen: **www.tredition.de**

Eigene Buchreihe oder eigenen Verlag gründen

Seit 2009 bietet tredition sein Verlagskonzept auch als sogenanntes "White-Label" an. Das bedeutet, dass andere Unternehmen, Institutionen und Personen risikofrei und unkompliziert selbst zum Herausgeber von Büchern und Buchreihen unter eigener Marke werden können. tredition übernimmt dabei das komplette Herstellungs- und Distributionsrisiko.

Zahlreiche Zeitschriften-, Zeitungs- und Buchverlage, Universitäten, Forschungseinrichtungen u.v.m. nutzen diese Dienstleistung von tredition, um unter eigener Marke ohne Risiko Bücher zu verlegen.

Alle Informationen im Internet: **www.tredition.de/fuer-verlage**

tredition wurde mit mehreren Innovationspreisen ausgezeichnet, u. a. mit dem Webfuture Award und dem Innovationspreis der Buch Digitale.

tredition ist Mitglied im Börsenverein des Deutschen Buchhandels.

Dieses Werk elektronisch lesen

Dieses Werk ist Teil der Gutenberg-DE Edition DVD. Diese enthält das komplette Archiv des Projekt Gutenberg-DE. Die DVD ist im Internet erhältlich auf **http://gutenbergshop.abc.de**

Zeitfracht Medien GmbH
Ferdinand-Jühlke-Straße 7
99095 Erfurt, Deutschland
produktsicherheit@kolibri360.de